회복술사의 재시작

~즉사 마법과 스킬 카피의 초월 힐~

9

지음/츠키요 루이 • 일러스트/시오콘부 • 옮김/문기업

NEXT

C O N T E N T S

프롤로그 회복술사의 라스트 플라이트 011
제1화 회복술사는 왕이 된다? 023
제2화 회복술사는 여동생의 비밀을 듣는다 038
제3화 회복술사는 요리를 만든다 048
제4화 회복술사는 선택한다 056
제5화 회복술사는 쿠데타를 시작한다 064
제6화 회복술사는 왕이 된다 075
제7화 회복술사는 세계 종교에 도전한다 086
제8화 회복술사는 이의를 제기한다 096
제9화 회복술사는 세계 회의를 지배한다 110
제10화 회복술사는 귀환한다 120
제11화 회복술사는 개발한다 129
제12화 회복술사는 경쟁한다 140
제13화 회복술사는 애첩과 즐긴다 151
제14화 회복술사는 용서한다 161
제15화 회복술사는 반려동물과 여행을 떠난다 171
제16화 회복술사는 변장한다 182
제17화 회복술사는 동료를 늘린다 191
에필로그 회복술사는 고민한다 211
후기 220

Illustration: 시오콘부 Design work: 키무라 디자인 라보

프롤로그 회복술사의 라스트 플라이트

그란츠밧하 제국에서 브렛을 쓰러뜨리고 여러 가지 뒤처리를 끝낸 우리는 비행기에 올라탔다.

목표는 지오랄 왕국.

비행기에 올라탄 사람은 나, 플레이아, 크레하, 세츠나, 구렌이었는데, 중요한 짐도 실려 있었다.

여기에 이브는 없다.

마왕으로서 할 일이 있어 한발 먼저 용기사들과 함께 마왕령으로 돌아갔다.

나는 지오랄 왕국에서 해야 할 일을 끝낸 뒤, 이브를 뒤쫓아 마왕령으로 갈 예정이다. 사랑하는 여자가 있기 때문이기도 하고 아직 하지 못한 일을 끝내기 위해서이기도 하다.

"이 비행기도 한계인가."

기체가 안정을 잃고 심각하게 흔들렸다.

그래서 내가 플레이아를 대신해 조종하고 있다.

비행기는 조금 전 전투 중에 대파되고 말았다. 복구를 시도했지만 재료인 용 소재를 입수할 수 없어 억지로 이어 붙여뒀을 뿐이었다. 완벽한 복구는 하지 못했다.

철 같은 물질과는 달리 녹여서 새로 형태를 만들 수는 없다.

조심조심 사용해도 부러진 부분을 억지로 보강한 탓에 다른 부분에 더욱 큰 부담이 걸려 고장 난 장소가 더욱 늘어나는 악순

환에 빠졌다.

더는 임시방편도 통하지 않는다.

속도도 떨어졌고 내구력도 형편없다. 조금만 무리해도 산산이 부서지고 만다.

"역시 케얄가 님이세요. 저는 무서워서 도저히 조종할 엄두가 안 났거든요. 조금 전에 뚜둑 소리가 났을 때는 이제 틀렸다고 생각했어요."

평소에 비행기의 조종을 담당하는 플레이아가 죄송스럽다는 듯이 말을 걸었다.

연한 분홍빛 머리카락을 지녔고, 매력적인 몸매도 보유한 소녀다. 기체 상태가 워낙 나쁘다 보니 조금 전 나에게 조종 교대를 요청했다.

"이걸 만든 사람도 수리한 사람도 나니까. 어디가 얼마나 위험한지, 얼마나 무리를 해도 버틸 수 있을지 감이 잡히거든. 그렇긴 해도 여전히 위험하고 피곤한 일이긴 하지만."

"교대를 해서 제가 조종하고 싶은 마음은 굴뚝같지만, 죄송합니다."

외줄타기 같은 조종이 필요한 상황이다. 플레이아에게 맡긴다면 그게 더 무서운 일이다.

지금은 꾹 참으며 내가 조종하는 수밖에 없다.

플레이아뿐만 아니라 크레하도 비행기의 현재 상태를 걱정하는 모습이었다. 은발을 누르면서 걱정스러운 표정으로 크레하가 말했다.

"출발 전에 말했지? 이게 최후의 비행이라고. 비행기, 꽤 마음에 들었는데 아쉬워. 더는 이렇게 하늘을 날 수 없는 거구나."

"걱정하지 마. 용 소재를 쓰지 않는 비행기를 만들어 보일 테니까."

용 소재를 입수할 수 없다고 해서 비행기를 만들 수 없는가 하면 그렇지는 않다.

용 소재는 어디까지나 강도(强度)에 비해 가벼운 비행기를 만드는 소재로써 적합했을 뿐이다.

"정말인가요?! 다행이야. 이젠 비행기 없는 여행은 생각하기 힘들어요."

"나도 그 의견에 동감이야. 앞으로는 몇 번이고 마왕령과 지오랄 왕국을 왕복하게 될 텐데, 걸어서 여행하다니 생각만 해도 오싹해."

"편도만 해도 빨라야 2주나 걸리니까. ……이브는 용의 사체를 양보해준다고 하지만 늘 신세를 질 수는 없지. 사람의 힘만으로 만들 수 있는 비행기가 필요해."

안정적인 공급과 양산은 과제였다.

마침 좋은 기회라고도 할 수 있었다.

"그런데 가능할까요? 용의 소재를 쓰지도 않고 비행기를 만들다니."

"요컨대 용 소재에 필적할 만큼 강하면서 가볍기도 한 소재가 있으면 되는 거잖아. 하나 생각나는 소재가 있어. 설령 그걸 쓸 수 없더라도 어떻게든 억지로 만들 수도 있으니 괜찮아."

뇌 속에 존재하는 현자의 기억에 해당하는 정보가 있었다.

소재를 조달하기는 성가시지만 가능은 하다.

지오랄 왕국에서 해야 할 일이 끝나면 새로운 비행기를 만들어 보자.

"역시 대단하세요! 새로운 비행기도 기대되는걸요? 그런데 날이 꽤 어두워졌네요. 앞으로 얼마나 더 가야 도착할까요?"

목적지는 지오랄 왕국이지만 현재의 목적지는 왕도(王都)가 아니라 새로운 왕도다.

예전의 왕도는 브렛의 군대에게 파괴되었다.

브렛 토벌을 위해 정예병을 그란츠밧하 제국에 파병한 데다, 주력군을 양동을 위해 내보낸 왕도는 저항할 수단이 없었다.

그래서 왕도에서의 전투는 시간 벌기에 치중하고, 그 사이에 엘렌과 주요 인물은 지휘 계통을 유지할 수 있는 예비 시설로 대피하도록 대책을 세워두었다.

'역시 귀축 군사라 불린 노른다워.'

정말 멋진 대책을 세운다. 왕도를 지키기 어렵다면 지키지 않고 살아남을 수 있는 대책을 선택한다. 그것이 바로, 왕도 이전.

즉흥적인 발상일 리가 없다. 꽤 오래전부터 이런 사태를 예상하고 비밀리에, 그러면서도 세심하게 준비하지 않으면 불가능한 일이다. ……나는 그런 발상은 흉내 낼 수 없다.

우리는 그 새로운 왕도를 향해 가는 중이다.

"심야에는 간신히 도착할 것 같아."

"저, 야간 비행을 해도 괜찮은가요?"

"잊었어? 내 눈동자."

내 눈동자가 비취색으로 빛났다.

"【비취안】……. 그게 있으면 물론 밤에도 문제는 없겠지만, 오랫동안 사용하면 피로가 심해지지 않았던가요?"

"심해지긴 하지. 목적지에 도착할 즈음에는 녹초가 되겠지만, 이제 싸움은 끝났잖아. 도착하면 푹 잘 테니 문제없어. 어차피 이 비행기를 한번 착륙시키면 또 날아오를 수 있을지도 의심스러우니까. 단번에 가는 수밖에 없어."

체력만의 문제라면【회복(힐)】으로 해결할 수 있지만, 정신적인 피로는 어쩔 수 없다. 다 망가져가는 비행기를 타고 세심한 주의를 기울이며 날아가서는 정신적인 소모도 크다. 그래도 지금은 날아가야만 한다.

만에 하나 비행기가 망가지면 걸어서 새 왕도까지 가야 한다. 정상적으로 걸어가더라도 최소한 일주일은 걸린다. 그것만큼은 사양하고 싶다.

플레이아와 크레하가 동요한 모습으로 마른침을 삼켰다.

"비행기가 위험한 상태인 줄은 알았지만, 그렇게까지 심각했구나?"

"그래서 말했잖아. 최후의 비행이라고."

애착이 있는 비행기인데 최후라고 말한 건 허세도 아니고 그냥 해본 말도 아니다.

만든 지 그리 오래되지는 않았지만 이 비행기에는 꽤 신세를 졌다.

"비행기가 그렇게까지 심각한 상태라면, 그란츠밧하 제국이 맞이하러 올 때까지 기다리는 게 더 좋지 않았을까?"

"그랬다간 다른 나라의 손님이 먼저 도착하니까. 그 역겨운 자식의 신병을 넘기라는 요구를 받게 되면 일이 귀찮아져."

이미 세계 각국에는 브렛을 토벌했다는 소식이 전해졌다.

이번 전쟁은 너무나도 규모가 커서 전후 처리의 주도권을 잡기 위해 브렛의 신병을 손에 넣고 싶어 하는 나라가 많았다.

상식적으로는 브렛을 토벌하는 데 압도적으로 많은 전과를 올린 지오랄 왕국이 주도권을 쥐어야 한다. 그건 누구나가 이해하고 있다.

그러나 다 알면서도 국가란 자국의 이익을 위해 그런 상식을 뒤엎어버린다.

다소 억지스러운 수를 써서라도 이번 전쟁의 전범을 '확보'하려고 한다.

"후후후, 케얀가 님도 참. 쑥스러운 감정을 다 숨기시고."

"어머, 뭔가 알고 있나 보네?"

"어제 도착한 엘렌의 보고서를 보고 예정을 앞당기셨어요. 평소대로 요점이 잘 정리된 자료였는데 마지막에 만나고 싶다고 썼다가 지운 흔적이 있지 뭐예요. 그걸 보고 케얀가 님의 안색이 바뀌더라고요."

"그런 이유도 없다고는 못 하지."

한시라도 빠른 귀환은 전략상 필요한 일이다.

하지만 동시에 이번 전쟁의 공로자를 치하하고 싶기도 했다.

이번에는 전투가 아니라 전쟁이었다. 승리는 엘렌의 공로가 매우 컸다.

이 이야기는 조금 쑥스러우니 화제를 바꾸자.

“세츠나, 구렌. 놈을 잘 감시하고 있겠지?”

어린 두 사람에게 말을 걸었다.

세츠나는 빙랑족 미소녀로, 털이 흰 늑대 귀와 꼬리가 매력적인 소녀다. 무표정해서 쿨한 인상이지만 사실은 감정이 풍부하다. 감정은 주로 표정 대신 귀와 꼬리로 나타낸다.

그리고 구렌은 여우 신수(神獸)로 나의 딸이자 반려동물 같은 존재다. 본성은 아기 여우지만 지금은 여우 귀 미소녀 모습이다. 성격과 겉모습이 일치해, 천진난만 그 자체인 아이라 할 수 있었다.

“응, 하고 있어. 수상한 짓을 하려고 하면 처분할게.”

“주인님, 몇 번을 말해. 이건 이제 그냥 쓰레기야. 구렌이 감시할 필요 없어.”

뒷좌석에는 짐……. 내 타깃인 소년을 좋아하는 변태 신부(神父)를 싣고 두 사람에게 감시를 맡겨두었다.

나는 브렛에게 특제 마비독을 먹인 뒤 양팔과 양다리를 부수고, 힘줄을 자르고 또 결박하고, 재갈을 물리고, 눈을 가리고, 구속의(拘束衣)를 입혀두었다.

그에 더해 【개악(힐)】을 사용해 일반인 수준으로 스펙을 낮춘 데다 그것도 모자라 플레이아가 온몸에 마술식까지 새겼다.

지오랄 왕국에 전해지는 고문술이자 구속술이었다.

아무리 마력을 모아도 피부에 새겨진 마술식으로 마력이 흘러가 주변을 무의미하게 밝히는 마술로 변환시키는【마술사 킬러】.

단지 마술을 사용할 수 없는 수준이 아니라, 온몸에 독소가 있는 잉크로 문신을 새긴 것과 다름이 없어 몸에 가해지는 부담이 매우 컸다. 일반인이 된 데다 그런 마술식이 새겨져서는 일상생활조차 멀쩡히 하기 힘든 애벌레 같은 상태다.

"저어, 그렇게까지 한 이상 아무 짓도 못 하지 않을까요?"

"브렛이 아니라면 그렇겠지. 하지만 이 자식이라면 이런 상황에서도 뭔가가 가능할지도 몰라."

일반인보다 뒤떨어지는 육체가 되었다. 게다가 뼈가 부서졌고 힘줄은 끊어졌으며 추가로 마술사 킬러까지.

이론상으로는 아무것도 할 수 없다.

그래도 이 자식이라면 혹시 모른다는 생각이 든다.

"너무 조심스러워 보일지는 모르겠지만, 나도 경계는 필요하다고 생각해. 지금까지 우리를 괴롭히고 혼자서 세계를 멸망시킬 뻔한 사람이잖아."

"이 자식의 두려운 점이 있다면 정신력이야. 어떤 상황이든 포기하지 않고 계속 정답을 선택하지. 매일 그만한 고문을 받았는데……, 그런데도 이 자식은 내가 비행기에 태웠을 때 미소를 지었어."

함께 싸운 정예들 중에도 가족과 친구, 연인 등을 검은 괴물에게 빼앗겨 브렛을 원망하는 사람이 많은 데다, 온갖 정보를 끌어내기 위해서는 고문이 필요하다는 명분이 있었다.

그래서 나는 복수하기 전에 지오랄 왕국의 정예들이 브렛을 어떤 식으로 대하든 내버려두었다.

이번에 데리고 온 자들은 군대가 아니라 국내의 특급 전력이다.

따라서 고문의 프로도 있었다.

그리고 지오랄 왕국은 나라의 특성상 고문할 기회가 무척 많았는데, 고문의 프로는 숙련도, 기술, 잔인함 모두 세계 최고였다.

무엇보다도 결코 죽이지 않는다. 죽어서 편하게 생을 마감하는 상황을 허용치 않는다.

그만한 기술을 지닌 프로가 증오를 담아 실시하는 고문은 지옥과 다름없다. 어떤 점에서는 내 고문보다도 심하다.

견학을 해봤는데 감탄이 나올 지경이었다. 한 시간만 당하면 그 어떤 고결한 기사도 자존심을 버리고 목숨을 구걸하리라고 확신했다.

그런 고문을 며칠간 계속 받았는데도 브렛은 여전히 망가지지 않았다.

현재 이 자식은 아무런 움직임도 보이지 않고 있다.

그렇기에 오히려 더 수상했다.

저편에 도착해 내가 준비한 내 취향에 맞는 복수만 끝나면 죽일 생각이다.

사체는 이 세계의 적으로 공개하고 능욕해주마.

……욕심 같아선 살아 있는 채로 능욕하고 싶지만 그건 너무 위험한 짓이다.

"한 번 더 말할게. 세츠나, 구렌. 부디 방심하지 마."

"응. 알았어."
"아아, 정말이지. 주인님은 걱정이 너무 심해서 탈이야~."
두 사람이 대조적으로 대답했다.
구렌도 나른하게 대답하기는 했지만 경계는 늦추지 않았다. 이러니저러니 해도 뭘 하라고 명령하면 철저하게 완수해주는 아이다.
나는 그 모습을 본 뒤, 다시 비행기 조종에 집중했다.

◇

비행기는 상공을 계속 날았다. 태양이 저물었다.
오늘은 달도 별도 전혀 모습을 드러내지 않는 칠흑 같은 하늘. 【비취안】이 없었다면 야간 비행은 꿈도 꾸지 못했다.
그런 가운데에도 신중하게 계속 날아갔고, 드디어 목적지가 보였다.
"자, 이제 고도를 낮출게. 다들 기도해둬."
"네? 뭘 말인가요?"
"당연하잖아. 착지의 충격으로 비행기가 산산이 부서지지 않게 해달라고 기도하란 소리야."
"응. 세츠나는 떨어져도 괜찮도록 준비해뒀어."
"주인님, 얼른 상의를 느슨하게 풀어봐! 그쪽으로 갈래!"
이 중에서 제일 신체 능력이 뒤떨어지는 플레이아가 비명을 질렀고, 구렌은 아기 여우 모습으로 돌아와 내 상의 안으로 파고

들더니 고개만 내밀었다.

여기가 제일 안전한 곳이라고 생각한 거겠지.

크레하와 세츠나는 동요하지 않았다. 두 사람은 여유롭게 위기가 와도 벗어날 수 있다는 자신감이 있었다.

나는 쓴웃음을 짓고는 기수를 내렸다.

천천히 비행기의 고도가 내려갔다.

평소처럼 조종하면 날개가 부러진다.

바람 쿠션으로 충격을 줄이면서 미끄러지듯이 동체 착륙. 그리고 바람 브레이크를 평소보다 부드럽게 전개.

미처 다 흡수하지 못한 충격이 기체를 흔들어 왼쪽 날개가 부러졌고 동체에 금이 갔다.

그 순간, 감각적으로 알게 되었다.

'아, 이 비행기는 다시는 날지 못하겠구나.'

서서히 속도가 줄어들어 비행기는 완벽하게 멈췄다.

"가, 간신히 버텼네요."

"아슬아슬했어."

"응. 조금 무서웠어."

"역시 비행기는 싫어!"

각자 감상을 흘리면서 비행기에서 내렸다.

브렛은 크레하가 들었다.

그리고 성을 향해 걷기 시작했다.

나는 혼자 남아 비행기의 기수를 쓰다듬었다.

"수고했어. 네가 없었다면 늦어지고 말았을 거야. ……지금까지 고마워.”

지난 전쟁은 비행기가 덕분에 무모한 작전을 펼칠 수 있었다.

이 비행기도 지금은 엄연한 파트너다.

마지막까지 계속 날아준 비행기에 감사하며, 이것과 함께 날았던 경험을 신형에 살리자고 결심했다. 그렇게 하면 이 비행기는 앞으로 만들게 되는 모든 비행기 내면에서 계속 살아 숨 쉴 수 있을 테니까.

“케얄가 님. 무슨 일이신가요?”

“아니, 아무것도 아니야. 지금 갈게.”

오랜만에 엘렌의 얼굴을 볼 수 있다.

건강하게 잘 지내고 있으면 좋겠는데.

‘분명 일이 너무 많이 바쁘게 지내고 있겠지.’

우리의 일은 싸우는 것이었고, 브렛을 쓰러뜨려 끝이 났지만 엘렌의 일은 오히려 전쟁이 끝난 이후에 본격적으로 시작된다.

하다못해 조금이라도 마음이 편해지도록 내가 위로해주자.

제 1 화 회복술사는 왕이 된다?

비행기의 착륙과 함께 지오랄 병사들이 모여들었다.

엘렌에게는 오늘 도착한다고 전해두었다.

엘렌이 보내준 사람들이겠지.

나는 비행기를 연금 마술로 분해했다.

"그걸 창고로 옮겨줘. 조심스럽게."

"네! 알겠습니다."

비행기에 사용한 용 소재는 피로가 너무 많이 쌓여서 다른 물건에 이용하기도 어렵다.

보관해둬봐야 별 의미는 없다.

그래도 보관하는 이유는 오로지 감정적인 이유였다.

"그리고 그것도 옮겨줘. 이것과는 다른 의미로 조심스럽게."

"물론입니다. 케얄가 님의 주문대로 특별 주문한 감옥은 이미 완성되었습니다."

'그것'이란 꼼짝도 못 하게 구속된【대포】의 용사 브렛이었다.

준비하라고 한 감옥은 세츠나가 그란츠밧하 제국에 붙잡혀 있을 때와 마찬가지로 마력을 분산시키는 소재이면서, 동시에 무시무시한 강도를 자랑했다. 추가로 나의 조언에 따라 강화까지 한 물건이다.

이론상 그곳에서 도망칠 수 있는 자는 없다.

"여러분, 이쪽으로 오시지요. 엘렌 총수께서 기다리십니다."

엘렌에게는 총수라는 직위를 준비해주었다. 노른이란 정체는 여전히 숨기고 있었기 때문에 왕족의 권력이 없어 불편하니 마련한 직책이었다.

노른의 힘을 마음껏 휘두를 수 있을 정도의 권한이 있는 직책이다.

아예 플레이아를 플레어로 되돌리듯이 엘렌도 노른으로 되돌리면 상관없는 일이지만 노른을 원망하는 자들도 많다. 엘렌은 군사로서는 뛰어나다고 해도, 강한 수준만 따지면 일반인 정도라 자신을 지킬 능력이 없어 매우 위험하다.

'그것도 그거고, 플레어 공주와 달리 노른 공주는 인기가 없어서 노른을 간판으로 사용할 때의 이득도 없으니까.'

노른 시절에는 지오랄 왕국의 군사로 대활약하여 온갖 도시와 성을 함락했는데, 방식이 너무 가차 없었다.

신생 지오랄 왕국은 이미지 전략을 중시하는 이상, 노른이 지휘하는 모습은 대외적으로 좋은 선택이 아니었다.

"이번 성은 화려하지도 않고 작네."

병사의 안내를 받아 도착한 성을 보고 나는 솔직하게 말했다.

지오랄 성과 비교하면 크기는 약 4분의 1 정도. 이곳은 어느 백작이 자비를 들여 세운 성이니, 왕도의 지오랄 성에 비교하자면 미안하긴 하다.

하지만 그걸 고려한다고 해도 너무 꾸미지 않은 모습이었다.

'아니, 이건 허세보다도 기능성을 중시한 결과인가. 화려함은 없지만 기능미는 있어.'

자세히 보니 수수하긴 해도 구석구석 견고한 모습은 그야말로 싸우기 위한 성이었다. 이곳을 요새라고 본다면 무척 공격하기 어려운 곳으로, 방어에 특화된 설계라 할 수 있었다.

우리는 성문을 지나 안으로 들어갔다.

플레이아를 비롯한 우리 일행도 각자 감상을 말하기 시작했다.

"성인데도 사치스러운 장식이나 예쁜 장식이 없어 오히려 신선해요."

"응. 왠지 평범해."

"우리 본가와 크게 다르지 않아."

"그건 상관없어. 그보다 구렌은 밥이 더 궁금해!"

나의 여자들도 꽤 냉정한 평가를 내렸다.

지오랄 성은 성문에서 성까지의 사이에 금박이 된 멋진 정원과 수많은 예술품이 사람을 맞이해주지만, 이곳은 단지 돌바닥뿐이었다.

'단순한 돌바닥은 아닌가. 작게 이음매가 보여.'

뭔지는 몰라도 요격 병기를 지하에 숨겨둔 듯했다.

외관을 보고 기능미를 추구한 성이라는 인상이었는데, 올바른 판단이었던 모양이다.

많은 성이 재력과 문화, 기술력을 과시하고 자신의 힘을 내세우는 데 반해, 이곳은 단순한 기능성과 방어력을 중시했다는 것인가.

개인적으로는 이런 성이 더 좋았다.

작다는 인상이 있었지만 이 정도가 방어에는 더 유리하다.

……내 성을 고른다면 지오랄 성보다는 이쪽이야.

지금까지 【모방(힐)】하여 쌓아온 지식과 기술을 이용해 이 성을 엄청난 괴물로 바꾸어놓는 것도 재미있을 듯했다.

◇

안내받아 간 곳은 어느 응접실이었다.

여러 응접실 중에서 귀인을 대접하는 곳.

문을 연 순간, 분홍색의 작은 그림자가 바짝 다가왔다.

"케얄가 오라버니!"

나를 그렇게 부르는 사람은 전 세계에 한 명뿐이다.

엘렌이다.

지성과 군략의 괴물. 그런데 이렇게 보면 사랑스러운 소녀일 뿐이었다.

엘렌이 나를 껴안고 가슴에 뺨을 문질렀다.

"케얄가 오라버니의 냄새예요. 겨우 돌아와 주셨군요."

"늦어서 미안해. 쉽지 않은 여정이었거든."

"괜찮아요. 그게 필요한 일이었다는 거야 잘 알고 있으니까요."

엘렌은 머리 회전이 빨라 좋다.

"하지만 외로웠던 건 사실이니 응석을 부리게 해주세요."

"좋지. 마음껏 응석을 부려. 침대에서."

내가 귓가에 대고 속삭이자 엘렌의 뺨이 빨개졌다.

나 참, 그 악랄했던 노른 공주가 이렇게 귀여워질 줄이야.

인간이란 환경 하나로 이렇게까지 변하기도 하는 존재다.

◇

자리에 앉아 홍차를 즐겼다.

긴장을 풀어주는 효과가 있는 홍차에 피로를 풀기 위해 설탕을 가득 넣었다.

망가져가던 비행기로 오랜 여행을 하여 피로가 쌓였던 몸에 홍차가 스며들었다. 고마운 배려다.

홍차를 즐기는 사이에 엘렌은 플레이아를 비롯한 여자들과 함께 무사한 현 상황을 기뻐했다.

“아, 그렇지. 잊기 전에 부탁해 둬야겠어요. 케얄가 오라버니에게 받은 포션을 모두 사용했으니 보충해 주셨으면 해요. 그게 있으면 너무 편리해서요.”

“어……? 다 마셨어?”

나는 엘렌이 정무를 보느라 바쁜 상황이 뻔히 예상돼서, 특별한 포션을 조합해 선물로 놓아두고 갔었다.

그건 특제 피로 회복 포션.

그 포션을 마시면 한숨도 안 자도 머리가 개운해진다.

꽤 넉넉하게 준비했는데 그걸 다 써버리다니, 대체 얼마나 무리를 했던 걸까.

“브렛을 해치운 뒤로 한숨도 못 잤으니까요. 이곳의 싸움도 무척 힘들어요.”

"그런가. 그럼 오늘 밤의 사랑은 미뤄 둬야겠는데?"
엘렌을 사랑해주고 싶었지만 그렇게나 정신없었을 줄이야.
이렇게 차를 마실 시간을 만드는 것도 힘들었겠지.
우리의 싸움은 브렛을 쓰러뜨리며 끝났지만, 정무를 담당하는 엘렌은 오히려 지금부터가 시작이다.
"안 돼요. 그걸 격려 삼아 노력해 왔으니까요!"
절박하기까지 한 표정이다.
"좋아. 그렇다면 마음껏 사랑해주겠어."
"네!"
상대가 엘렌이 아니라면 정말로 괜찮은지 확인해 보겠지만, 엘렌은 신뢰해도 된다.
사랑을 나누는 일에 정신이 팔려 정무를 미뤄두는 짓은 하지 않는다. 아무 문제가 없도록 다 조정해놓았을 테니 걱정 없다.
"그런데 굳이 이 방을 사용하는 데는 따로 이유가 있는 거지?"
이 방은 회의에 필요한 설비가 갖춰진 넓은 곳이다.
방이 여러 개인데 굳이 이곳을 선택했으니 단지 우연일 리가 없다.
"간파하셨군요. 오늘만큼은 다 같이 화기애애하게 지내고 싶었지만, 여러 면에서 문제 있는 상황이라 대처가 필요해졌어요."
그야 그렇겠지.
브렛이 날뛰어서 살짝 묻히긴 했지만, 지오랄 왕이 저질러놓은 과거는 사라지지 않는다.
지금까지는 그걸 신경 쓸 여력이 없어서 타국도 지오랄 왕국의 책임을 추궁하는 일은 뒤로 미뤄놓았었다.

하지만 세계 공통의 적이 사라지면 그 문제가 다시 도마에 오를 것은 자명하다.

"얼마 전에 세계 회의의 개최가 결정됐어요. 그 자리에서 지오랄 왕국은 과거의 악행에 관해 비판받겠죠. 사실상 세계 정복을 한 나라니까요. 야심 있는 나라가 보기에는 눈엣가시. 밟아놓을 수 있을 때 밟자고 생각할 거예요."

"그야 그렇겠지. 지오랄 왕의 일도 있고, 브렛도 원래는 지오랄 왕국의 용사잖아. 때리기 딱 좋은 대상이야."

"네. 일단 우리에게는 세계를 구했다는 대의명분 카드가 있지만 자업자득이란 소리를 들으면 반론하기 힘들기도 해요. 평소의 지오랄 왕국이라면 다소 궁색해도 압도적인 힘으로 밀고 나갈 수 있을 텐데, 지금은 그것도 힘들고요."

현재의 지오랄 왕국은 너덜너덜한 상태라는 말로도 부족하다.

각지에는 전쟁으로 인한 상흔이 남았고, 지난 전쟁에서는 군대도 부상자와 사상자가 다수 나와 멀쩡히 기능하지 못해 재편을 서두르는 중이다.

이번 왕도 이전도 그란츠밧하 제국에게 들키지 않도록 극비리에 진행되어 여러 폐해가 발생했다. 처음부터 그럴 줄은 알았지만, 어쩔 수 없는 일이었다.

그렇기에 주변 나라들로서는 철저하게 때려눕힐 기회라고도 할 수 있었다.

"힘으로 억지로 밀고 나가는 짓은 가능하더라도 최대한 하지 않는 게 좋잖아?"

"각오에 달렸죠. 지오랄 왕국 대 전 세계. 전쟁을 할 마음이 있다면 못 할 것도 없지 않을까 해요. 조건에 따라 다르지만 이길 수는 있어요. 성공하면 세계 정복이라는 보너스가 따라와요."

조건이란 마왕과의 공동 전선이겠지.

할 수만 있다면 세계를 적으로 돌려도 이길 수 있다.

다만 이브에게 그런 짓을 시키고 싶지 않았고 나도 싫었다.

복수라면 모르겠지만, 직접 나서서 전화의 불길을 퍼뜨리는 짓은 내 성미와 맞지 않는다.

"그렇게는 하지 말자. 하지만 대화 노선이라면 일을 너무 크게 저질러서 비판 거리밖에 없다는 게 문제야."

"네, 일을 마구 저질렀어요. 검은 기사 소동뿐만 아니라 그 이전의 마족과의 전쟁부터 모두 책임을 추궁당하리라고 예상되니, 그 모든 일에 다 책임을 지다간 이 나라는 끝장이에요."

압도적인 힘을 배경으로 몇 십 년 전부터 횡포를 부려왔다.

그 쌓이고 쌓인 빚을 청산할 때가 온 모양으로, 그 흐름은 바꿀 수가 없을 듯했다.

"해결을 위해 생각해둔 수가 있지?"

"그게 지오랄 왕국을 존속시킨다는 의미라면……, 없어요. 지오랄 왕국은 이제 존속시키기 어렵습니다. 브렛과 싸우기 전이라면 아직 여력이 있었겠지만 이기기 위해서 다 써버렸어요. 왕도의 파괴는 큰 타격이에요."

엘렌이 미소 지으며 즉각 대답했다.

……정말 엘렌다워.

적확하고 가차 없는 판단이다.

"앗! 저, 엘렌. 이 나라는 사라져버리는 건가요?"

"세츠나는 그래도 상관없어."

"……나는 복잡한 기분이야. 케얄가를 따르기 위해 모든 것을 버렸지만 클라이레트 가문에는 애착이 있어서."

나에게도 애착은 있다.

지오랄 왕국 그 자체를 사랑하는가 하면 그렇다고 보긴 힘들다.

하지만 라나릿타나 블라닛카에는 친구도 있고 추억도 있다.

만약 지오랄 왕국이 멸망하면, 주변 나라들이 하이에나처럼 몰려들어 지오랄 왕국을 파이처럼 나누어 먹게 된다.

지오랄 왕국에 속한 도시가 각각 다른 나라의 소유물이 되어 대리전쟁을 치르게 되는……, 그런 시나리오로 진행될 가능성도 충분하다.

전화의 소용돌이가 불어닥쳐 소중한 장소와 친구들을 잃게 되겠지.

그것만은 피하고 싶다.

우리의 시선이 모두 엘렌에게 집중되었다.

나 이외에도 모두 눈치챘다. 엘렌은 지오랄 왕국은 어렵다고 했지만, 아직 못 다한 말이 있다는 것을.

"생각보다 동요하지 않는군요. 그러면 제가 무엇을 노리고 있는지 말할게요. 지오랄 왕국을 존속시키기는 어려워요. 그렇다면 다른 나라가 무너뜨리기 전에, 우리가 이 나라를 무너뜨려

버리죠."

아아, 그런 이야기였나.

발상의 전환이다.

"쿠데타를 일으키겠어요. 지오랄 왕국에서 【치유】의 용사 케얄에 의한 쿠데타가 발생해 지오랄 왕국은 멸망. 새로운 나라가 탄생하는 거예요. 과거의 죄는 모두 지오랄 왕국과 함께 사라지게 하는 겁니다."

그렇다. 어디까지나 과거의 일들은 지오랄 왕국의 죄다.

그렇다면 지오랄 왕국을 버리면 그만이다. 우리가 지켜야 할 대상은 이 나라의 토지와 주민들이다.

"저, 저기, 그걸 다른 나라가 인정한다 해도 공격은 해 오지 않을까요? 나라가 약해져 있는 상황 자체는 변함없잖아요."

"만약 그렇게 된다면, 케얄가 오라버니를 중심으로 성에 쳐들어가 상대 왕족을 몰살시키면 그만이에요. 총력전이라면 이길 수 없지만 이곳에 있는 사람들은 세계 최강의 파티니까요. 적의 중추를 기습해 파괴하는 일쯤은 어렵지 않아요."

아무리 엄중하게 방어하더라도 지금의 우리라면 노린 상대를 죽이는 일쯤은 어렵지 않다.

그리고 그게 가능하다면 왕국을 무너뜨릴 수도 있다.

"그건 그래. 다만 그건 곧 전 세계를 상대로 전쟁을 하겠다는 말과 다르지 않아 보이는데?"

"전혀요. 달라요. 지금까지의 문제는 상대에게 대의명분이 있잖아요. 그걸 격퇴하더라도 분쟁이 벌어져요. 국제연합을 전부

적으로 돌리게 되죠. 하지만 지오랄 왕국을 죄와 함께 버리면 대의명분이 없으면 상대는 단지 침략자일 뿐이에요. 세계가 아니라 공격해 온 나라와의 싸움일 뿐이니, 승리해버리면 그만이에요. 그리고 배상금을 두둑이 받아낼 수 있어요."

부채를 안고 있던 지오랄 왕국이라면 상대가 때려도 참을 수밖에 없다.

하지만 새롭게 태어난 나라라면 맞은 만큼 반격할 수 있다.

"이 작전에는 필수 조건이 세 가지 있어요. 하나는 구심력. 국민이 지지하지 않는다면 나라는 재탄생할 수 없어요. 그건【치유】의 용사 케얄의 이름이 있다면 단번에 해결되겠지만요. 이 나라, 더 나아가서는 세계를 구한 구세주니까요. 그리고 왕녀 플레어도 찬동한다는 시나리오로 가죠."

"좋아, 마음껏 내 이름을 사용해줘."

이미 이 나라는 실질적으로 내 소유가 됐지만, 이것으로 명실공히 내 것이 된다. 그건 나쁘지 않다.

그리고 플레어 공주는 지오랄 왕국의 어둠을 깨닫고 죽을 뻔했지만【치유】의 용사 케얄이 죽은 것으로 위장하고 성 밖으로 도망치게 해주었다……라는, 사실상 장난으로 유포했던 정보가 의미를 지니게 된다.

"둘, 후원자. 카스타 왕자를 기억하나요?"

"아, 그 물의 나라의 실력자인가."

"실은 그 사람에게는 이미 이번 플랜을 설명하고 협력을 약속받았어요. 물의 나라는 영향력이 강하니까요. 다시 태어났다는 사실을 인정받을 수 있어요."

그 사람이 아군이 되어준다니 마음 든든하다.

물의 나라는 국제 사회에 강력한 영향력을 지녔다.

또한 검은 괴물들의 습격에 대항할 수 있었던 나라는 지오랄 왕국과 그 나라뿐이다. 지오랄 왕국과는 달리 약점이 없는 그 나라라면 발언력도 더욱 강해진다. 어떤 나라가 아군이 되는 것보다도 듬직하다.

"셋. 힘. 지오랄 왕국은 힘을 잃었기에 궁지에 몰렸을 뿐 힘이 있다면 곤란할 일이 없으니, 역시 힘은 꼭 필요해요."

"힘을 마련할 수단은 있어?"

"네, 물론이죠. 세계를 구한 영웅【치유】의 용사 케얄과 동료들. 케얄가 오라버니가 한번 기세를 보여주면 그만이에요. 이 나라는 내 소유물이다, 손을 대면 죽여 버리겠다고. 세계를 멸망시킬 뻔한 괴물을 쓰러뜨린 남자잖아요. 세계에서 가장 악했던 자보다 더 강하다고 다른 나라도 이해는 하고 있을 거예요."

"좋아. 세계 회의에서 큰소리를 쳐둘게."

"그리고 비장의 무기. 마왕 이브 리스를 회의에 데리고 가주세요. 그 자리에서 케얄가 오라버니의 나라와 마족 영역의 동맹을 발표하겠어요."

그것은 곧 우리에게 싸움을 걸면 마족 영역을 적으로 돌리게 되는 거라고 위협하기 위해서였다.

"재미있는 얘기지만, 그렇게까지 한다면 지오랄 왕국을 유지하는 일도 가능하지 않을까?"

"무척 힘들긴 해도 그 자리를 지배하는 정도는 가능해요. 하지만 그래선 산더미 같은 수면 밑의 문제가 그대로 남아 언제 파탄이 나도 이상하지 않아요. 더욱이 악평을 받고 있는 지오랄 왕국과 마족 영역이 동맹을 맺으면, 안 그래도 모두 마족을 두려워하는 상황인데 더욱 마족의 이미지가 나빠지고 말아요. 그러니까 일단 전부 깔끔하게 밀어버리고 싶은 거예요."

"맞는 말이야. 이런 흐름으로 진행하자."

역시 엘렌이다.

이거라면 지오랄 왕국의 국민은 살아남는다.

"다만 가장 큰 문제가 남아 있어요."

심각한 표정으로 엘렌이 시선을 아래로 내리고 생각에 잠겼다.

"말해봐. 각오는 됐으니까."

엘렌이 고개를 끄덕였다.

"이름이에요. 새 나라에는 새로운 이름이 필요해요!"

진지한 얼굴로 별로 중요하지 않은 말을 하는 엘렌.

하지만 중요하지 않다고 생각한 사람은 나뿐으로, 여자들은 모두 진지한 표정을 지었다.

"케얄가 오라버니의 나라니까, 케얄가 오라버니에 어울리는 이름을 지어야 해요."

"그러네요. 케얄가 님의 멋지고 사려 깊고 강하고 근사한 모습을 나타낼 수 있는 이름이어야 해요."

"어려운 문제야. 세츠나한테는 너무 어려워. 하지만 중요해."

"배고파. 구렌은 고기를 요구하겠어."

"아예, '케알가 왕국'은 어떨까?"

""""그거다!""""

"아니, 그건 안 돼."

한 명을 제외하고 모두 분위기가 달아올랐다.

이름이야 무슨 상관이냐고 생각하는 나만 유달리 별난 사람인가 보다.

"이름은 나중에 짓기로 하자. 이 자리에서 바로 떠오르지는 않을 테니까."

"그것도 그러네요. 아직 시간도 좀 있고요."

"이야기는 이제 끝이야?"

"네, 이 이야기를 빨리 하고 싶었어요."

그런가. 그럼 이제 충분하겠지.

나는 일어서서 엘렌을 공주님 안기로 들어 올렸다.

"꺅! 케알가 오라버니. 기쁘긴 하지만 갑작스러워서 깜짝 놀랐어요."

"엘렌의 방으로 안내해. 사랑해줬으면 하잖아?"

"아, 알겠습니다. 멀리 떨어져 있었던 만큼 많이 사랑해주세요."

귀엽네. 기습적으로 키스하자 엘렌이 받아들여 주었다.

아직 소녀인데 건방지게도 자신이 직접 어른스러운 키스를 요구했다.

착한 아이야.

분명 오늘까지 내가 상상할 수 없을 만큼, 나를 위해 노력해왔겠지.

그런 노력을 치하하고 위로해주마.

오늘 밤은 최선을 다해 엘렌을 기쁘게 해주려 한다. 그게 엘렌을 손에 넣은 나의 책임이다.

엘렌의 피로를【회복(힐)】으로 치유했다.

엘렌은 주로 두뇌 노동을 해서 심각하게 피로한 곳은 머리와 마음이지만, 체력도 또한 상당히 피로가 쌓여 있었다.

정신적인 피로까지 치유할 수는 없지만, 체력만 회복해도 많이 달라진다.

거기다가 이제부터는 격렬한 운동도 하게 된다.

"휴, 치유돼요. 케얄가 오라버니의【회복(힐)】은 중독될 것만 같아요."

"세계 최고의【회복(힐)】이니까 당연하지."

자신감을 가지고 단언할 수 있다.

나보다【회복(힐)】이 뛰어난 사람은 존재하지 않는다.

"실력도 뛰어나지만, 마치 케얄가 오라버니에게 안겨 있는 기분이 들어 마음이 편안해져요. 케얄가 오라버니가 느껴져 배가 꼭 조여들며 케얄가 오라버니를 원하게 돼요."

그런 말을 한 엘렌이 미소 지으며 나에게 입을 맞췄다.

어른의 키스다.

그게 끝이 아니었다. 엘렌은 소녀에서 어른이 되어가는 그 몸을 내 몸에 대고 비벼 댔다.

아직 옷도 벗지 않았는데 유혹하다니, 참 야한 아이가 되어버렸다.

기나긴 키스가 끝나고 입술을 떼었다.
"좋아. 마음껏 나를 느끼게 해주겠어."
"네! 저를 정신 못 차리게 만들어주세요."
엘렌을 침대에 쓰러뜨렸다.
당장 하나가 되고 싶다는 요구대로 나는 곧장 엘렌의 몸을 탐했다.
옷을 입고 해도 나름 정취가 있어 나쁘지 않다.

◇

해가 뜰 무렵에 침대를 빠져나왔다.
상당히 거친 시작이었고, 그 뒤로 계속 몇 차전을 연속으로 치뤄서 침대 옆에 벗어던져 놓은 옷이 꽤 지저분해졌다.
어제는 상당히 힘을 냈다.
엘렌에게 그만한 체력이 있다니 놀랍다.
그 정도 하면 체력에 자신이 있는 세츠나조차도 축 늘어지는데, 절정 끝에 의식을 잃을 때까지 엘렌은 나를 계속 갈구했다.
"이 나이에 그 정도 테크닉이라니. 장래가 걱정되는데?"
엘렌은 머리가 좋고 기억력도 있는 데다 기교가 좋다.
항상 반응을 관찰하며 약점을 발견하면 그걸 잊지 않고 계속해서 공략한다. 기교가 좋은 데다 관찰력과 기억력도 있으니, 기술도 점점 발전해나간다.
내 여자들 중에서 가장 어린데 제일 어른스러운 밤을 보내는 사람이 엘렌이다.

……그런 엘렌에게 변화가 있었다.

가슴이 커졌다.

따로 행동한 시간은 짧았는데도.

성장기란 참 무시무시하다.

그 플레이아의 여동생이니 장래에는 분명 몸매가 멋진 미인이 되겠지.

몸이 크면 이 작은 가슴을 즐길 수 없다. 지금 늦기 전에 많이 주물러두자.

그런 짓을 하고 있는데 엘렌이 살짝 눈을 떴다.

"좋은 아침이에요."

"좋은 아침."

엘렌이 상반신을 일으키자, 담요가 내려가며 요정 같은 몸이 드러났다.

미성숙하기에 더욱 아름다운 모습이 그곳에 존재했다.

감상을 도중에 끝내고 나는 침대에서 빠져나왔다.

그리고 마술을 사용해 엘렌을 위해 차를 끓였다.

그다음 엘렌을 안으면서 철저하게 몸을 조사했다.

그 성과를 바탕으로 가지고 있던 약초를 조합한 뒤, 몇몇 나무 열매와 설탕, 향신료를 추가했다.

오직 엘렌을 위해 만든 스페셜 블렌드다.

"졸음을 쫓아줄 거야. 천천히 마셔."

"신기하면서도 아주 좋은 향기가 나요. 달고 씁쓸하고 맛있어

요. 내면이 따뜻해지는 기분도 들고요. 이거 좋은걸요?"

황홀한 표정으로 엘렌이 차를 즐겼다.

"당연히 맛있겠지. 엘렌의 몸에 부족한 영양이 갖춰진 차니까. 어떤 사치스러운 요리보다 몸이 원하는 영양소가 더 나을 수도 있어. 조금 더 식사에 신경 써. 특히 엘렌은 성장기니까."

"성장기의 귀여운 소녀와 그토록 격렬하게 자는 사람이 하는 말이라 별로 설득력이 없어요."

"그건 그런가. 그래도 충고는 잘 들어둬. 엘렌은 나를 위해서도 건강하고 아름답게 자라야만 하니까. 매일 먹는 식사도 무시할 수 없는 요소야."

머리를 쓰다듬으면서 그렇게 말하자 엘렌이 얼굴을 붉혔다.

"으으으, 너무 기습적이에요. 케얄가 오라버니가 가끔 보여주는 다정한 모습은 반칙이거든요. ……식사는 제대로 신경 쓸게요. 참 이상한 일이에요. 어째서 그 가혹한 여행 중의 식사가 성에서 나오는 식사보다 더 영양가가 있고 맛있고 몸이 건강해지는 건가요? 성에 온 뒤로 밤새 일하는 걸 제외해도 유독 몸이 무겁고 나른하거든요. 더 정확하게 말하자면 여행 중에 컨디션이 너무 좋았어요."

일반적으로는 성에서 나오는 식사가 재료도 질 좋은 걸 사용하고, 프로 요리사가 만드는 만큼 뛰어나다. 하지만 여행 중에 식사를 준비하는 사람은 다름 아닌 나다.

"나는 여자들의 건강과 비용에는 신경을 쓰고 있으니까. 그걸 가능하게 만들 정도의 지식이 있고, 필요한 재료를 얻어낼 수 있을 만큼의 능력도 있어. 조금 전에 말했잖아? 제일 맛있는 음식은 몸이 원하는 거라고. 요리의 프로라 해도 영양학 지식이 없을 수도 있고, 몸의 컨디션을 꿰뚫어 보는 눈은 아무나 가지고 있지 않으니까. 요리사에게 한 달간 엘렌이 먹을 식사의 레시피를 건네줄게. 그러면 엘렌의 몸도 좋아질 거야."

"의외로 케얄가 오라버니는 완벽한 초인인걸요?"

"거의 다 남한테서 빌린 지식일 뿐이지만."

나는 자조하듯 웃었다. 이 몸에는 몇 백 명에 달하는 지식, 기억, 경험이 있어서 나는 그걸 운용하고 있을 뿐이었다.

"그걸 적절히 사용하고 있으니 대단한 거예요."

나와 엘렌은 마주 보며 웃었다.

엘렌을 두르고 있는 분위기와 표정이 바뀌었다.

어리고 귀여운 소녀에서 내가 신뢰하는 참모의 모습으로.

드디어 시작인가.

"저, 잠시 시간을 내주실 수 있나요?"

"출발 전에 말했던 그거야?"

"기억하고 계셨군요? 제가, 돌아오면 비밀을 밝히겠다고 했던 이야기."

"그럼. 잊을 리가 없지."

대충 무슨 말일지는 상상이 된다.

엘렌의 얼굴을 똑바로 보며 나는 가만히 기다렸다.

"저의 비밀. 그건……, 저는, 저는 노른 공주였다는 걸 깨달았어요."

"그래?"
"놀라지 않는군요."
"어렴풋이 눈치를 챘으니까. 내가 노른을 엘렌으로 바꿨을 때, 엘렌은 순종적인 인형이었어. 어딘가 어색한 만들어진 사람 같았지. 그런데 어느 날을 기점으로 점점 사람다워졌어."
"정말로 저를 자세히 지켜보고 계시는군요. ……기억을 되찾은 제가 복수할지도 모른다는 생각은 안 했나요? 당신은 저를 납치하고, 기억을 지우고, 세뇌한 데다 애첩으로 삼았잖아요?"
"안 했어. 넌 나를 사랑하니까. 나는 계속 속아왔고 남을 계속 속여오기도 했어. 나를 향한 감정이 진짜인지 아닌지 정도는 알아. ……엘렌이 나에게 보여주는 사랑은 진심이야. 그러니까 설령 노른으로 돌아왔다고 해도 나를 대적하지는 않아."
그런 확신이 있었기에 나는 굳이 엘렌을 재조정하지 않았다. 마음만 먹으면 나는 언제든 엘렌을 리셋해버릴 수 있는데도.
설령 나를 원망해 복수를 생각하고 있었다고 해도, 그 시점에 엘렌이 나를 배신하는 일은 없으리라고 봤다.
노른이라면 브렛의 제거를 우선한다.
브렛의 존재는 노른에게도 방해된다. 브렛이라는 세계 최대의 적을 없애려면 내가 필요하니, 적어도 브렛을 없앨 때까지는 나에게 해를 가할 리가 없었다.
"당해낼 수가 없네요. ……솔직히 말하면 노른이었던 사실을 깨달았을 뿐, 노른의 인격이 돌아온 것도 아니고 기억이 돌아온 것도 아니에요. 노른의 흔적을 모아서 인격을 따라 하는 정도라면 가능했지만요."

"그런 말을 하는 이유가 뭘까?"

"노른이었던 시절의 제가 군사로서는 한 수 위였어요. 그러니까 노른을 재현하여 그 힘을 손에 넣은 거예요."

엘렌과 노른은 동일 인물이지만 엘렌의 말처럼 노른이 한 수 위라는 느낌이 들기도 한다.

논리와는 거리가 먼 부분을 언어로 표현하자면 위압감이나 제6감, 그런 면이었다.

"그랬구나. 아예 노른의 기억과 인격을 모두 되찾았으면 좋겠어? 나라면 가능한데."

"아니요, 전혀요."

나는 웃었다.

처음부터 그렇지 않을까 생각했으니까.

"이유를 알려줄 수 있을까?"

"지금의 제가 더 좋으니까요. 노른은 저지만 노른의 행동을 보면 당시에 어떤 감정이었는지를 알 수 있어요. 노른이었던 시절에 저는 사랑에 굶주려 있었어요. '나를 봐줘'라고 말하며 울면서 날뛰는 어린아이. 그게 노른이에요. ……하지만 지금은 케얄가 오라버니가 사랑해주며 저를 봐주고 있어요. 친구도 생겨서 행복해요."

그 잔혹한 노른의 본질이 이렇게 귀여운 모습인 줄은 상상도 못 했다.

“거기다 무섭기도 해요. 엘렌이 너무 소중해져서, 노른을 되찾았다가 엘렌이 무너져버릴까 봐요. 완벽히 노른으로 돌아가게 되면 저는 제가 아니게 될 거예요. 케얄가 오라버니, 제가 엘렌으로 남고 싶다고 말하니 마음이 놓였나요?”

“응, 마음이 놓였어. 난 엘렌을 좋아하니까. 소중한 여자를 잃고 싶지 않아.”

“제 머리가 이상해서 다행이에요. 평범한 여자아이였다면 바로 찌르러 갔을걸요? ……이렇게 해서 케얄가 오라버니는 저한테 어마어마한 빚을 지게 됐어요. 이 빚을 방패 삼아 제가 하고 싶은 대로 마구 조를 테니 각오하세요.”

“그선 어쩔 수 없지. ……원하는 건 다 말해. 웬만해선 다 들어줄게.”

엘렌을 잃지 않을 수 있게 됐다.

그러니 얼마든지 원하는 걸 들어줄 수밖에.

“그럼 바로 원하는 바를 말하겠어요. 지금부터 사랑해주세요. ……조금 전부터 엿보는 세츠나 씨한테 과시하듯이.”

“눈치챘어? 기척을 지운 세츠나를 눈치채다니, 일류 첩보원도 힘든 일일 텐데.”

“기척으로 눈치챈 게 아니라 행동 패턴으로 예측했을 뿐이에요. 세츠나 씨는 이 시간이 되면 아침 봉사를 하려고 나타나니까요. 그리고 저 아이는 저래 봬도 배려심이 있으니, 이야기가 끝날 때까지는 나오지 않아요. 그런데 당장이라도 케얄가 오라버니에게 귀여움을 받고 싶어서 이야기가 언제 끝나나 귀를 기울이고는 안절부절못하며 기다리고 있겠죠."

역시 초일류 군사다.

앞을 잘 내다본다.

"후후후. 저는 세츠나 씨를 꽤 부러워했어요. 케얄가 오라버니 제일 가까이에 있는 사람은 세츠나 씨니까요. 그러니까 오늘 정도는 제가 케얄가 오라버니를 독점해서 질투하는 사람의 감정을 맛보게 해주고 싶어요. ……괜찮죠? 이 우월감 때문인지 평소보다 더 흥분돼요."

어린 얼굴에 어울리지 않는 음란한 미소를 지으며, 엘렌이 나를 껴안더니 목덜미를 깨물었다.

달콤한 통증이다. 일부러 흔적이 남게 깨물고 있다.

어제 그토록 격렬하게 사랑을 나눴는데, 또 격렬한 사랑을 원하는 모양이다.

아침 식사는 몸보신이 되는 음식을 만들까.

오후부터는 내가 일으킬 쿠데타 회의가 열린다.

그때 군사가 지쳐 있어선 곤란하다. 조금이라도 체력을 키워줄 필요가 있다.

제 3 화 회복술사는 요리를 만든다

오후가 되어, 점심을 먹으며 평소의 멤버가 모여서 회의를 열었다.

이른바 런치 미팅이다.

점심은 대화하기 쉽도록 샌드위치와 수프를 준비했다.

이번에는 내가 조리를 하기도 해서, 일부러 성에 있는 고급 재료가 아니라 가방에 들어 있던 여행하다 모은 음식 재료를 주로 사용했다.

내가 요리를 한 이유는 엘렌의 컨디션을 조금이라도 끌어 올리기 위해서이기도 했고, 사랑을 나누는 중에 엘렌이 내 요리를 먹고 싶다고 말했기 때문이기도 했다.

여행 중에 모은 음식 재료를 사용한 이유는 엘렌이 여행을 그리워했기 때문이다.

덧붙여 구렌은 다른 방에서 죽은 듯이 자고 있다.

조금 전에는 브렛과의 전쟁 중에 약속한 대로 특별한 고기를 상으로 주었다.

그러자 그 자리에서 단숨에 먹기 시작하더니, 터지지나 않을까 할 만큼 빵빵해진 배로 곧장 잠이 들었다. 배가 부르면 잠을 자다니. 정말 어린아이답다.

엘렌이 제일 먼저 내 샌드위치를 집어 들었다.

"냐암. 와아, 케얄가 오라버니가 만든 밥, 맛있어요. 역시 뛰어나요.”

노력해서 만들어 그런지 엘렌도 기뻐해주었다.

샌드위치는 세 종류를 만들었다.

달걀 샌드위치, 햄버그 샌드위치, 그리고 야채 샌드위치다.

“정말로 맛있어. 이 달걀 샌드위치가 특히 마음에 드는걸? 달걀은 농후하고, 소스 덕분인지 맛에 깊이가 있어.”

“응, 맛있어. 오늘은 평소보다도 더 손이 많이 갔어. 세츠나는 고기가 가득 들어간 이게 좋아. 다양한 고기 맛이 나서 이득 보는 느낌이야.”

“야채 샌드위치도 아삭아삭하고, 믿을 수 없을 정도로 싱그러워요.”

입맛의 수준이 오른 만큼 크레하, 세츠나, 플레이아는 샌드위치에 들인 노력을 눈치챈 듯했다.

달걀 샌드위치는 먼저 달걀이 닭이 아니라, 산에서 잡은 들새의 알을 사용해서 맛이 진했다.

그 알을 으깬 다음엔 특제 드레싱을 섞었다. 드레싱은 식물 기름을 베이스로 여행 중에 입수한 조미료, 약초, 허브를 넣은 나만의 오리지널이다. 물론 맛도 맛이지만 약효도 신경을 썼다.

햄버그 샌드위치에 사용한 햄버그는 훈제하거나 소금에 절여 보관하던 마물 고기 여러 종류를 물에 풀어서 다지고, 절묘한 비율로 섞은 다음 향신료를 뿌렸다. 고기마다 그 고기에 어울리는 굵기로 다져둔 덕에 복잡한 식감을 즐길 수 있다.

야채 샌드위치에 이르러서는 【회복(힐)】으로 식물의 성장을 촉

진하여 열매를 맺기 직전의 식물을 사용했고, 드레싱 역시 특별히 만든 걸 사용했다.

단순한 요리이기에 더욱 공을 들였다.

내 여자가 오랜만에 내 요리를 먹고 싶다고 했으니, 이 정도는 할 필요가 있다.

"케얄가 오라버니의 요리 덕분에 평소보다 힘이 백배는 더 나요! 이거라면 전력을 다할 수 있겠어요."

"그렇다면 다행이지. 이 레시피도 남겨둘게."

"네! 부탁드려요!"

대화하면서 먹으려고 만든 샌드위치인데, 다들 먹는 데 집중해서 미팅을 할 분위기가 아니었다.

그것을 방해하는 건 센스 없는 행동이니, 굳이 언급은 하지 않았다.

수프를 먹었다.

수프도 완성도가 좋았다. 육포와 염장 고기를 불릴 때 사용한 물과 고기의 조각, 남은 야채 등을 사용해 만들었는데, 각 재료의 질이 좋은 만큼 꽤 맛있었다.

평화로워져서 깨달은 일인데, 나는 요리를 좋아한다.

모든 일이 끝나면 작은 요릿집을 열어도 괜찮을지 모른다. 돈이라면 남아도니 굳이 돈을 벌 목적은 아니다.

작은 가게에서 이득은 생각하지 않고 좋아하는 요리를 마음껏 만드는, 반쯤 취미 같은 가게를 열고 싶다.

'나쁘지 않은데?'

여자들에게 둘러싸여 평범하고 행복하게 지내는 나날.
그런 모습이야말로 내가 원하던 삶인지도 모른다.
……아직은 한참 뒤의 일이겠지만.
이브 주변에는 이브를 꼭두각시로 만들어 마왕의 권력을 차지하려는 자들이나, 이브를 죽이고 다른 마왕 후보를 새로 옹립하려는 자들도 있다.
지오랄 왕국도 앞으로 재건해 나가야만 한다.
마족 영역과 지오랄 왕국을 버리고 홀가분해지는 방법도 있지만, 이걸 그냥 방치했다간 세계가 불길에 휩싸인다.
그래선 평범하고 행복한 삶은 기대하기 어려워진다.
나에게 세계 평화를 위해 목숨을 걸고 싸우는 정의감 따위는 없다.
다만, 나와 내 여자들이 행복하게 살 수 있는 환경을 만들기 위해 세계를 평화롭게 만들어야겠다고는 생각한다.
"벌써 다 먹었네. 더 먹고 싶었어. 아쉬워."
샌드위치가 다 떨어진 접시를 보고 아쉬워하며 세츠나가 귀를 축 늘어뜨렸다.
"그렇게 많았는데 홀떡 먹어버리고 말았네요. 케얄가 님의 식사가 너무 맛있어서 문제예요. 적당히 만드셨으면 좋았을걸."
"맞아. ……훈련을 열심히 해야겠어. 여행도 안 하는데 이렇게 먹어선, 나중이 두려워져."
"윽. 이건 무서운걸요? 살이 쪄서 케얄가 오라버니한테 미움을 받기는 싫어요."

나는 쓴웃음을 지었다.

살찔까 봐 걱정한다. 그런 생각을 할 만큼, 지금은 평화로워졌다는 건가.

"엘렌은 조금 더 먹어서 살집을 붙여야 해. 안았을 때의 감촉이 좋아지니까."

"'조금 더' 말이죠? 명심할게요."

"그래, 조금 더. 지금은 살이 부족하지만, 살이 너무 붙으면 귀여운 모습이 아까워지니까."

엘렌이 자세한 숫자를 요구했지만, 나는 적당히 둘러대며 대답했다.

이런 점은 정말로 엘렌다웠다.

"파악했어요. 그게 케얄가 오라버니의 취향이군요? 자, 이제 본론으로 들어갈까요? 식사가 너무 맛있어서 시간을 한참 보내버리고 말았네요. 이번 미팅의 의제는 어떤 나라를 만들 것인가예요."

"어떤 나라를 만들지도 중요하지만, 지금은 어떻게 쿠데타를 일으킬지 최종적인 의견을 수렴해야 하지 않을까?"

문제없이 실현할 수 있다고는 하지만, 계획을 잘 다듬어놓을 필요가 있다.

"그건 괜찮아요. 실은 이미 사전 공작을 끝내 뒀으니까요. 이제는 케얄가 오라버니의 실행 사인만 나오면 지오랄 왕국은 무사히 케얄가 오라버니의 소유가 될 거예요."

"호오, 언제부터 움직였어? 여기에 온 다음이어선 시간이 안

됐을 텐데."

"준비를 시작한 시기는 수도 이전을 계획했던 단계예요. 꽤 오래전부터 이렇게 되리라고 예상했으니까요."

"역시 엘렌이야."

미래의 전개를 예측하는 것.

그거야말로 엘렌의 힘이다.

……아닌가? 앞을 예측한다기보다는, 예측한 다음 자신이 원하는 흐름으로 이끌어가는 힘이야말로 엘렌의 진면목이다.

초능력자가 아니니 완벽한 예상을 한다는 가정은 현실적이지 못하다.

사람도 국가도 복잡하기에 이론대로는 움직이지 않으니까. 비상식적인 행동을 아무렇지도 않게 하곤 한다.

그렇지만 생각할 수 있는 선택지 중 하나로 유도할 수는 있다.

정말로 듬직하다.

어쩌면 지오랄 왕을 처형했을 즈음에는 이런 전개를 예측하고 있었을지도 모른다.

굳어버린 머리에 무능한데 권력만 쥐고 있는 그 돼지들을 전범으로 일제히 숙청한 이유도, 이런 전개를 위해서였을 가능성이 있다.

무능한 아군과 배신자는 그 어떤 적보다도 성가시다.

빠르게 청소해 두었기에 수도 이전도, 새로운 나라로 재탄생시키는 일도 빠르게 행동으로 옮길 수 있었다고 봐야 한다.

"그래서 어떤 나라를 만드는가인데요. 처음에는 국왕……, 군주제로 할지, 공화국……, 공화제로 할지에 따라서 나라는 성격이 확 바뀌어요. 어느 쪽을 선택하든 잘 운영하겠지만, 그걸 먼저 확실하게 결정해두고 싶어요."

왕국과 공화국의 차이.

그걸 대략적으로 설명하면, 왕국은 '왕이 군주가 되어 나라를 다스리는 군주제 국가'.

즉, 왕이 절대적인 권력을 지니고 있어 나라는 왕의 뜻대로 움직인다.

그리고 공화국이란, '군주가 존재하지 않고 민의에 따라 결정이 내려지는 국가.'

선거로 정치를 짊어질 사람을 뽑고, 그들이 대화를 통해 나라의 방침을 결정한다고 간략하게 설명할 수 있다.

어느 쪽이든 장점과 단점이 존재하며, 명확하게 어디가 더 뛰어나다고는 말할 수 없다.

이 시대는 군주제가 압도적으로 주류를 차지하고 있지만, 선진적인 나라 일부는 공화제를 선택하는 경우도 있다.

또한 어떤 나라는 국민의 왕족과 귀족에 대한 불만이 폭발해 혁명이 일어나 공화제가 되기도 했다.

분명히 중요한 이야기이고, 이 나라의 터닝 포인트이기도 했다.

……나라에게도 중요한 이야기지만, 나한테도 중요한 일이야.

만약 왕국을 선택한다면 내가 왕이 되어 명실공히 새로운 나라를 손아귀에 쥐겠지만, 동시에 책임도 짊어지게 된다.

만약 공화국을 선택하면 이 나라는 국민의 것이 되어, 가까운 장래에 지금은 알 수 없는 누군가에게 통치권을 넘겨야 한다. 이 나라를 지배할 수는 없지만, 나는 자유로워질 수 있다.

나라가 어떻게 되는가뿐만 아니라 내가 어떻게 하고 싶은지도 곰곰이 생각해서 대답을 내야 한다.

그러지 않으면 나중에 후회하게 될 테니까.

제 4 화 회복술사는 선택한다

나의 나라를 왕국=군주제로 할 것인지 공화국=공화제로 할 것인지를 엘렌이 물었다.

이건 나에게 의견을 구한다고는 할 수 없었다.

단지 다 같이 결정한다는 형태를 취하고 싶었던가, 또는 자신이 일방적으로 설명하기보다는 모두의 이해가 깊어지길 바랐던가, 또는 둘 다다.

왜냐하면 지오랄 왕국의 현재 상황을 고려하면 선택은 자명했기 때문이다.

"음, 세츠나는 어려운 이야기는 잘 몰라. 맡길게."

"저도 같은 의견이에요."

세츠나는 따분하다는 듯이 하품을 하며 과자를 먹었고, 플레이아는 생글거리면서 차를 마셨다.

……세츠나야 그렇다 치고 플레이아는 이러면 안 되지 않나. 원래는 공주였는데.

하긴, 원래 플레어 공주 시절에도 그 역할은 전략 병기이자 우상이었다.

머리를 쓰는 일을 별로 좋아하지 않기는 했다.

"나는 공화국이 좋아 보여. ……옛날에는 맹목적으로 이 나라를, 정확하게는 왕족이나 대귀족들을 믿었어. 직위가 높다면 능력도 인격도 뛰어나다고 봤거든. 하지만 케얄가와 여행을 하다가 깨달았어. 어떤 직위에 있든 단지 사람일 뿐이라는걸. 특별한 인간은 없어. 그런데 그들은 자신이 특별하다고 착각해 잔혹한 짓을 했지. 평범한 사람이 나라를 이끌어야 해."

이상론이긴 하지만 틀린 말은 아니다.

아무리 고결한 인간이라도 권력을 계속 쥐고 있으면 부패한다. 2대, 3대가 되어 태어났을 때부터 우대받으면 자신이 뛰어나고 특별한 존재라는 착각에 빠져든다.

그렇기에 지오랄 왕국에 있던 귀족들은 사람을 사람으로 보지 않았다. 처음부터 국민을 자신과 같은 생물이라고 생각하지 않았기 때문이다.

"그래서요? 케얄가 오라버니는 어떻게 생각하시나요?"

"나는 왕국이 되어야 한다고 봐. 이 나라는 민주제가 정착하긴 힘들어. 아직 일러."

"아직 이르다고? 그게 무슨 의미야?"

"기득권을 지키려고 하는 귀족들의 반발은 성가시지만, 일단 그건 제쳐둘게. 왕국과 공화국, 둘 중 어디가 더 좋은지와는 별개의 문제니까. 이야기를 하기 전에 민주제가 무엇인지부터 얘기해볼까. 국민이 선거로 뽑은 정치가가 귀족을 대신해 정치를 하는 나라."

"멋지잖아. 국민이 선택한 사람이 정치를 한다면 국민의 의견이 반영될 거야."

일견 틀린 말은 아니다.

단, 그걸 위해서는 많은 전제 조건이 필요하다.

“중요한 점을 잊고 있어. 국민의 대부분은 바보야. 그리고 바보가 선택하는 사람도 바보지. 선거는 다수결에 지나지 않아.”

“국민이 바보라니, 말이 너무 지나친 게 아닐까?”

“전혀 지나치지 않아. 일부를 제외하면 제대로 교육도 받지 못했으니까. 단언하는데, 국민이 선택하는 사람은 바보나 사기꾼, 둘 중 하나야. 우수한 인간은 현실을 잘 알기에 거창한 말은 하지 못해. 하지만 무능한 사람은 무능하기에 하고 싶은 일을 할 수 있다고 말하고 다니지. 또 사기꾼이라면 크게 허풍을 떨 거고. 선택받는 자는 그런 녀석들이야. ……선거가 정상적으로 진행되려면 국민의 대다수가 바보의 헛소리를 진지하게 받아들이지 않을 만큼의 지식이 있고, 사기꾼의 거짓말을 꿰뚫어 볼 만한 현명함이 있어야만 해.”

아쉽게도 지오랄 왕국은 그렇지 못했다.

바보가 압도적으로 많다. 선거를 굳이 해보지 않아도 결과는 뻔하다. 열정밖에 없는 바보 같은 몽상가와 사기꾼들만이 선택된다.

그런 자들이 하는 말은 실현되지는 못해도 듣기는 좋으니까.

“그건……, 물론 그럴지도 모르지만.”

“문제는 그것뿐만이 아니에요. 선거라는 시스템 자체가 독이라고 봐요. 많은 나라에서는 임기를 정해놓고, 그게 끝나면 재선거를 실시해요.”

“좋은 일 아닐까? 같은 사람이 권력을 계속 쥐고 있으면 부패하잖아.”

맞는 말이다. 그게 지오랄 왕국의 현재 모습이다.

"네. 하지만 이건 이거대로 문제가 있어요. 정치가란 자들이 하는 일은 나라를 좋게 만드는 것이 아니라, 선거에서 이기는 거예요. 다음 선거에서 이기려면 실적이 필요해요. 그러니까 단기간에 성과가 나오는 정치만 하게 되죠. 나라의 정책은 10년, 20년을 내다보고 결정해야 하는데도요. 자신의 임기 중에 결과가 나지 않는 일은 하지 않아요. 자신이 떠난 뒤에는 어찌 되든 모른다며 임기 이후로 잔뜩 부담을 떠넘기는 일도 아무렇지 않게 저질러요."

"너무 지나친 생각 아니야? 나라를 좋게 만들려고 노력하는 사람도 있어."

크레하는 워낙 사람이 좋다.

그러다 보니 좋게 좋게만 생각한다.

"네. 가끔 그런 사람도 있겠죠. 하지만 그런 사람은 금방 사라지고 말아요. 생각해보세요. 선거에서 이기는 일에'만' 전력을 다하는 사람에게 좋은 나라를 만들겠다는 '쓸데없는' 짓을 하는 사람이 이길 수 있을 리가 없잖아요. 물론 그런 불리함을 극복하고 승리하는, 무척 우수한 사람도 극소수 있겠죠. 그렇지만 민주제는 다수결로 모두 결정하니, 그런 소수파는 아무것도 할 수 없어요. 하나의 예외도 없더라고요. 제가 아는 한, 공화제를 선택한 나라의 정치는 모두 2류, 3류로 추락했어요."

선거에서 이기기 위해 눈앞의 이익을 계속해서 추구하며 나라를 좀먹는다. 그렇지 않으면 정치가로 살아남을 수 없다.

인간의 대다수는 욕심이 눈이 멀게 되고, 민주주의는 항상 다수파가 승리한다. 부패하지 않을 리가 없다.

이것만큼은 국민을 교육하더라도 변하지 않는다. 선거라는 시스템의 구조적인 결함이다.

또한 군주제에 비해 절망적일 만큼 판단이 늦다. 무엇을 하든 회의를 열고 대화로 결정하는 것은 매우 비효율적이다.

그런 점에서 군주제는 단번에 권력자가 모두 결정해버린다. 속도는 비교가 되지 않는다.

"……그렇다면 반대로 묻겠는데, 왜 엘렌은 둘 중 하나를 선택하면 좋을지 물어본 거야? 얘기를 들어보니, 왕국을 선택할 수밖에 없겠는데."

"그러네요. 지금부터 100년 후까지만을 본다면 왕국을 선택할 수밖에 없어요. 단점도 많고 부패하기도 했지만, 귀족은 몇 대에 걸친 경험이 있고 어릴 적부터 교육을 받은 사람들이니까요. 머리가 텅 빈 국민보다는 낫죠. 무엇보다 제가 정상에 앉아 있어요. 압도적으로 우수한 사람이 모든 일을 독단적으로 결정할 수 있으니, 바보가 모여서 사이좋게 대화나 나누는 공화제보다 100배는 더 좋은 정치를 할 수 있어요."

"100년이라면, 엘렌이 살아 있는 동안을 말하는 거야? 너무 길지 않아?"

"제가 살아 있는 기간과 저와 케얄가 오라버니의 아이가 통치할 때까지는 나라가 안정적이겠죠. 제가 교육한 저와 케얄가 오라버니의 아이니까요. 확실히 나라를 번영으로 이끌 거예요. 뛰어난 인간이 바보를 이끌어야 압도적으로 효율적이에요. 하지만 왕국에는 치명적인 결점도 있어서, 1,000년 앞을 내다본다면 그걸 선택할 수는 없어요."

그렇군. 나는 착각을 했다.

엘렌도 군주제로 미리 정해두고, 대화로 결정했다는 형식만 갖추려고 이런 자리를 마련했다고 봤는데, 그렇게 먼 미래까지 염두에 둔다면 확실히 선택의 여지가 발생한다.

내가 추가 설명을 하기로 할까.

"왕국은 압도적인 바보가 왕이 되는 순간 멸망해. 심지어 슬프게도 언젠가는 반드시 그런 사람이 나타나지."

권력이 하나에 집중된 나라의 숙명.

어리석은 사람이 왕이 되면 아무도 그것을 막지 못해 파멸의 길로 나아간다. ……멸망하기 전에 쿠데타 같은 일이 벌어져 왕이 제거되면 나라가 살아날 가능성이 있다고는 하지만, 그건 사실상 나라가 망한 것과 다르지 않다.

"공화국은 그런 위험이 없어?"

"없어. 바보가 선택한 바보들이 사이좋게 대화로 결정하니까. 압도적인 바보가 있다고 해도 마음대로 행동할 수 없지. 평범한 바보가 말려주잖아. 즉, 정상에 선 사람의 능력에 좌우되는 나라가 왕국이고 공화국은 항상 질도 효율도 나쁘지만 최악의 결과는 피할 수 있어. 엘렌이 100년이라면 왕국을 선택할 수밖에 없다고 한 말은 그런 의미야."

"네. 역시 케얄가 오라버니세요. 제가 하고 싶었던 말을 잘 설명해 주셨어요. 자, 우리 자녀 시대까지 크게 번영하는 나라를 만들 것인가, 그럭저럭 굴러가며 1,000년 후까지 이어질 나라를 만들 것인가. 어느 쪽이 더 좋으세요?"

그거야 당연한 일이다.

고민할 필요조차 없다.

"왕국이야. 우리가 죽은 뒤의 일은 알 바 아니지. 살아 있는 동안에 힘껏 즐기다 가겠어."

"무책임한 소리처럼도 들리는데……."

"무책임이고 뭐고, 우리가 책임감을 느낀다면 그게 오히려 더 이상하지 않아? 후대의 일은 후대 사람들이 어떻게든 하겠지. 그 사람들의 책임으로. 그런 책임까지 짊어지려고 하다니, 지나친 과보호고 그 사람들을 얕보는 행동이야. 우리의 뒷모습을 보고 자란 후대 사람들을 믿어주자고."

내 말을 듣고 여자들이 웃었다.

"응. 세츠나랑 케얄가 님의 아이라면 강할 테니까."

"저보다 더 뛰어난 마술사로 키워내겠어요."

"분명히 나를 뛰어넘는【검성】이 될 거야. 무예라면 맡길 수 있겠지."

"저와 케얄가 오라버니의 아이에게는 제왕학을 철저히 공부시키겠어요!"

그거면 충분하다.

그리고 우리는 가능한 한 일찍 아이들에게 일을 던져주고 은거하자.

그래, 그러자. 그러면 나라를 계속 장악하면서 귀찮은 일은 떠넘길 수 있다.

그게 제일이다.

그렇다면 빨리 아이를 만들어야겠는걸? 지금까지는 전력을 떨어뜨리지 않기 위해 피임을 했지만, 이제 그럴 필요는 없다.

얼른 오늘부터 준비를 시작하도록 할까.

우리의 나라를 왕국, 즉 왕이 군림하는 군주제로 결정했다.

이제는 그걸 어떻게 실행으로 옮 기는가가 문제다.

실행의 난도 자체는 높은 편이다. 쿠데타를 일으키면 기득권을 쥐고 있는 사람 모두를 적으로 돌린다고 보면 된다. 그들을 배려하려고 공작을 펼치면, 다른 나라에 책임을 회피하기 위한 연극이라고 생각할 여지를 주게 된다.

……그렇지만 엘렌이라면 그런 무모한 일도 원활하게 진행되도록 만들 것이라는 확신이 들었다.

"그렇다면 왕국으로 결정할까요. 그것도 매우 원시적으로, 권력이 하나에 집중되게요! 자제하는 일 없이 단숨에 나라를 번영시키려면 그래야 더 효율적이에요."

군주제 중에서도 더욱 강력한 중앙집권……. 간단히 말하자면 엘렌은 완벽히 왕에 의한 독재가 가능한 정치 체제를 만들 생각이었다.

지금까지 지오랄 왕국도 왕이 절대적인 권력을 쥐었다. 그걸 뛰어넘는다면 정말로 왕이 신처럼 군림할 필요가 있다.

그러나 엘렌이 통제권을 쥔다면 그래도 상관없다.

엘렌보다 뛰어난 존재가 없는 이 나라이니, 엘렌이 하는 일에 제동을 거는 존재는 단지 방해가 될 뿐이었다.

그런 엘렌이 손뼉을 치며 시선을 하나로 모았다.

"계속해서 나라의 이름을 결정하겠어요. 내일 당장 쿠데타를 일으키니, 오늘 중으로 결정해야 해요. 덧붙여 쿠데타 일정은 변경할 수 없어요. 여러 가지로 준비를 해뒀으니까요."

"이름이야 권력을 쥔 다음에 천천히 정하면 되잖아?"

"안 돼요. 빼앗은 그날에 대대적으로 발표해야 더 임팩트가 강하잖아요. 그래서 말인데……, 여러분. 잘 생각해 오셨나요? 제가 숙제라고 분명히 말씀드렸죠?"

엘렌이 세츠나가 있는 곳을 보며 물었다.

참고로 나는 나라 이름을 생각해 오지 않았다.

어제는 엘렌을 귀여워해 주다가 하루가 끝나버렸다.

그래도 생각 안 한 사람은 나 혼자가 아닐 테니 별 상관없나.

그런 생각을 하며 모두의 얼굴을 봤는데, 누구 하나 동요하는 사람이 없었다. ……정말이야? 다들 잘 생각해 왔나 보다.

"잘 생각해 오신 듯해 마음이 놓이네요. 그러면 순서대로 발표해볼까요?"

"응. 세츠나가 생각한 이름은 케얄가 왕국이야. 이 나라는 케얄가 님의 소유니까!"

"어? 잠깐. 그건 어제 마지막에 나왔던 이름이잖아."

"그렇지만 난 이게 제일 좋아."

평소처럼 무표정한 얼굴로 세츠나가 잘라 말했다.

꼬리가 흔들리고 있는 걸 보면, 진심으로 마음에 든 모양이다.

"다음은 저군요."

두 번째는 플레이아인 듯했다.

"저도 케얄가 님의 소유라는 사실을 알 수 있는 이름이어야 한다고 봐요. 그래서 제가 생각한 이름은……, 케얄가 제국이에요!"

"'왕'이 '제'로 바뀌었을 뿐이잖아……."

"그게 더 강해 보여요! 왕보다 황제가 더 분위기상 더 높은 사람 같잖아요!"

플레이아는 정말로 공주였던 거 맞아?

왕국과 제국의 차이는, 왕국이란 기본적으로 한 나라의 주인. 제국이란 자국을 포함한 여러 나라의 위에 군림하는 경우.

원래 지오랄 왕국에는 여러 속국도 있어 구조상으로는 제국이었다.

그러나 현재 속국은 잇달아 이반하고 있어서 제국을 자처하는 것은 주제넘은 일이었다.

"너희……, 그건 좀 그렇지 않을까?"

크레하가 어이없다는 듯 말했다.

"응? 그럼 크레하는 어떤 이름을 생각해 왔어?"

"내가 생각한 이름은 라이나라 왕국이야. 케얄가와 만난 그 장소에는 라이나라가 흐드러지게 피어 있었거든. 그래서 라이나라를 볼 때마다 케얄가가 떠올라. 라이나라는 예쁘고, 나에게는 케얄가와의 추억이니까, 그 이름으로 짓고 싶어."

라이나라의 방에서 크레하를 치료했을 때가 우리의 첫 만남이었다.

그리운 추억이다.

또, 그 꽃은 아름답다.

하지만 찬성할 수는 없다. 지오랄 왕국의 상징이었던 국화(國花)를 새로운 나라의 이름으로 삼기엔 문제가 있다.

엘렌이 쓴웃음을 지었다.

진지하게 생각해 왔으니 심하게 뭐라고 할 순 없다. 하지만 나와 마찬가지로 지오랄 왕국의 상징을 이름으로 삼기엔 어렵다는 정치적인 판단을 했기에, 이런 표정을 짓는 것이었다.

"그러면 다음은 제 차례군요. 제가 생각한 이름은 파나케이아 왕국이에요. 여러분의 말대로 케얄가 오라버니의 소유라는 사실은 명확히 해두고 싶어요. 하지만 케얄가 오라버니의 이름을 직접 드러내면 조금 품위가 없잖아요? 대신 연상되는 이름을 만들었으면 하는데, 케얄가 오라비니 하면 치유니까, 치유의 여신의 이름을 따와서 지었어요."

신의 이름을 지닌 나라는 길하기도 하고 품위도 있는 데다, 그러면서도 치유의 여신은 나를 연상시킨다.

내 나라라는 사실을 내외에 과시하기도 충분하다.

"역시 엘렌인걸요? ……트집을 잡을 곳이 없어요."

"응. 좋은 이름이야. 하지만 세츠나는 케얄가 왕국이 더 알기 쉽고 좋아."

"나도 엘렌의 의견에 찬성이야."

"아직 성급히 결론 내리긴 일러요. 케얄가 님의 제안이 남아 있잖아요."

모든 사람이 시선을 내 쪽으로 돌리며 기대된다는 듯 미소 지었다.

이런 분위기에서는 말할 수 없다. 이름이 무엇이든 좋다고 생각한 일도, 생각해 오지 않은 일도.

"……우연인걸? 나도 엘렌이랑 똑같은 이름을 생각했어."

그래서 엘렌의 의견에 묻어가기로 했다.

그러면 위엄을 지킬 수도 있다.

"케얄가 님도 같은 생각이라면 세츠나도 그게 좋아."

유일하게 케얄가 왕국에 집착했던 세츠나가 찬성해서 우리의 의견은 모두 일치되었다.

"그럼 파나케이아 왕국으로 결정이군요. 쿠데타가 기대돼요. 내일 지오랄 왕국은 케얄가 오라버니의 파나케이아 왕국으로 다시 태어날 거예요! 그리고 이게 헌법과 법률이에요. 나라를 다시 만드는 일이니 규칙도 바꿔버리죠. 다시 시작할 수 있는 기회는 그리 많지 않고, 현재의 규칙은 귀족 같은 기득권을 지키기 위해 일부러 복잡하고 비효율적으로 제정되어 있으니까요."

엘렌이 종이 뭉치를 건네주었다.

나라의 법률과 헌법을 정리한 문서인데, 종이의 장수가 상당히 적은 편이었다.

효율을 추구하다 보면 이렇게 되는 거겠지.

"좋아. 이렇게 하자."

"읽지 않고 대답해도 되나요?"

"물론 나중에 꼼꼼하게 읽어볼게. 하지만 엘렌이 만들었다면 내용은 문제없겠지. 엘렌은 할 일이 산더미 같잖아? 내 대답을 기다리느라 시간을 낭비하면 안 되지."

“제가 그렇게 말할 거라 예상하고 케얄가 오라버니한테서 권력을 빼앗아 올 함정을 포함시켜 놨을지도 모르잖아요.”

“그렇다고 해도 괜찮아. 난 엘렌을 믿어. 거기다가, 어차피 엘렌이 없으면 나라 운영 같은 귀찮은 일은 하지도 못해. 배신당한 그 시점에 이 나라는 끝장이야.”

나라의 운영은 매우 귀찮은 일이다.

영지 하나 다스리는 일조차 사양하고 싶은데, 이걸 어떻게 운영할까.

“그러시다면 그 믿음에 보답하도록 하겠어요.”

“내일은 절차가 어떻게 돼? 나도 할 일이 있지?”

“그런 점이라면 걱정하지 마세요. 저와 함께 있어주시면 그때마다 지시를 내릴 테니, 내일 아침 6시에 여기로 와주세요. 플레이아 씨 이외에는 모두 집합입니다. 플레이아 씨는 플레어 공주의 얼굴로 왕실에서 대기해주세요.”

“엘렌, 난 뭘 하면 돼?”

“거만하게 서 계시면 충분해요.”

“알기 쉽네요. 저는 그럼 공주님 연기를 할게요.”

나라를 탈취하기 전날이라고는 생각하기 힘든 경쾌한 분위기였다.

나라를 빼앗는 일은 사전 준비가 실행의 99퍼센트 이상.

엘렌은 그걸 완벽하게 했기에 이토록 여유로운 것이다.

그리고 엘렌 이외의 사람은 엘렌을 믿고 있기에 미소를 지을 수 있었다.

특등석에서 나라를 빼앗는 모습을 한번 감상해볼까.

◇

이렇게 해서 쿠데타 당일이 되었다.

예정대로 플레이아의 모습을 플레어 공주로 바꿔 왕실에 배치한 다음, 우리는 어제와 같은 방에 모였다.

나도 케얄가가 아니라【치유】의 용사 케얄의 모습이 되었다.

창문을 활짝 열고 밖을 보았다.

성이 5천 명 정도의 군대에게 둘러싸여 있었다. 어딜 어떻게 봐도 반란군이다.

그리고 확성기를 사용해 뭔가를 외치고 있었다.

"엘렌, 뭐야. 저 녀석들,【치유】의 군대라고 외치고 있는데?"

외치는 내용은 '더는 이 나라를 왕족에게 맡길 수 없다고 하시며 영웅이신【치유】의 용사가 궐기하셨고, 우리는 그 뜻에 공감하여 이 자리에 모였다. 이 나라를 케얄 님에게 넘겨라'였다.

"당연하죠. 케얄가 오라버니의 쿠데타니까요."

"그런데, 지금 같은 상황에 지오랄 왕국에서 5천 명이나 병사를 모으다니 대단한걸?"

지오랄 왕의 폭주, 브렛과의 전쟁으로 수없이 많은 전사자가 발생한 데다, 속국은 물론이고 몇몇 도시까지 이반한 상태였다.

현재의 지오랄 왕국에는 병사 5천 명을 모을 힘은 남아 있지 않았다.

"어머. 모두 지오랄 왕국의 병사는 아니에요. 여러 연줄을 사용해, 여러 나라에서 병사를 빌렸어요. 카스타 왕자도 기꺼이 협력해줬고요."

"시나리오는 내가 여러 나라를 돌며 이상을 설파하고, 그에 공감한 나라들이 나를 돕기 위해 나섰다. 그 정도인가? 응, 모순 없는 시나리오긴 하네. 그래야 더 쿠데타에 진실성이 느껴지기도 하고."

원래 나라의 이름을 바꾸려는 이유는 주변 나라들의 배상금과 보상 요구를 회피하기 위해서였다.

지오랄 왕국의 죄는 지오랄 왕국과 함께 쫓아냈으니, 우리는 관계없다고 주장하기 위해서다.

그러니 이 쿠데타가 짜고 치는 행위라는 의심을 사면 끝장이다.

여러 나라를 끌어들여 진실성을 더하는 것은 매우 좋은 작전이다. 주변 나라들을 끌어들여 공범을 늘리고 규모를 키우면 의심을 불식할 수 있다.

추가로 타국에서 출병하면, 여러 나라의 첩보원이 정보를 얻기 위해 쿠데타 현장에 와서 자국에 쿠데타에 대한 정보를 보내게 된다.

여전히 엘렌은 빈틈이 없다.

"반란군을 가짜로 조직한 것까지는 좋은데, 정말로 전투하는 모습처럼 보이는 이유는 뭐야? 피를 흘려도 정말 괜찮아?"

왕성 측이 반란군의 항복 권고를 무시해 반란군이 성을 공격함으로써 전투가 시작되었다.

"다른 나라에서 우르르 첩보원이 와 있으니, 정말 피를 흘리는 모습도 보여줘야죠. 아, 걱정은 안 하셔도 괜찮아요. 그걸 다 감안한 작전이니까요. 이 성은 작은 데다, 북쪽과 동쪽은 가파른 절벽이라 공격할 수 있는 곳은 남쪽과 서쪽뿐이에요. 그런데 서쪽은 성벽과 해자로 방어가 무척 튼튼해요. 따라서 공격할 수 있는 곳은 남쪽뿐이죠. 지키기 쉬운 좁은 외길이라, 한 번에 공격해 들어갈 수 있는 인원은 많지 않아요."

아무리 병사를 모아도 이곳에서 성 밖으로 나가지 않는 한, 공격할 수 있는 인원은 극히 일부에 불과하고 나머지는 사실상 관객이나 마찬가지다.

역시 이곳은 좋은 성이다.

방어가 단단하다.

"그런가. 그 정도 인원이면 얼마든지 연기도 가능하다는 말이구나."

"네. 반란군에서 먼저 공격해 들어가는 부대도, 방어하는 부대도 사전에 연기 지도를 받은 배우들뿐이에요. 계획대로 대등한 전투로 시간을 끌면서 적당히 부상자를 내겠어요."

"그렇게 작은 전투가 계속되며 교착 상태에 빠졌을 때가 내가 나설 타이밍이란 말이지?"

"네. 양쪽 모두 멋진 연기를 하고 있네요. 두 시간 정도 지나면 나가기로 할까요."

"그래. 플레이아가 기다리고 있잖아."

이 상황에서 내가 가야 할 곳이라면 한 군데밖에 없다.

플레이아가 기다리는 옥좌의 방이다.

여기까지 오면 앞으로 어떤 그림이 그려질지는 설명하지 않아도 알 수 있다.

그곳에 가면 드디어 내 차례가 온다.

아직 내가 나서기 전까지는 시간이 있다.

나만의 연설을 생각해 연기 연습이라도 해둘까.

새로운 지배자가 처음 모습을 드러내는 거니까.

나름의 멋을 부리며 위엄을 보여줘야 하겠지.

제 6 화 회복술사는 왕이 된다

지오랄 왕국의 쿠데타 연극은 호평 속에 진행되고 있다.

일단은 내가 주모자인데 꽤 여유로웠다. 계획 입안부터 실행까지 엘렌한테 다 맡겨뒀으니 당연하다.

성이 꽤 야단스럽게 흔들렸다.

거대한 마수끼리 부딪치면 발생하는, 세계가 삐걱거리는 듯한 감각.

……분명 일류 마술사 수십 명이 발동한 전술급 의식 마술을, 성에 걸려 있던 결계가 간신히 버텨냈을 때의 흔들림이겠지.

"의외로 진심인데?"

"그럼요, 진심이죠. 그렇지 않아서야 속일 수 없으니까요. 이런 곳에 파견되는 첩보원은 그 나라의 최상급 실력자들이잖아요. 그러니 공성 병기의 충돌, 의식 마술의 과간섭으로 인한 오버로드, 영웅 클래스의 일대일 대결과 같은 이벤트가 한가득 벌어져요."

어딜 어떻게 봐도 진짜 전쟁이다.

그렇게까지 다양한 요소를 쏟아부었는데도, 쌍방의 피해를 최소한으로 조절하다니 귀신같은 솜씨다.

엘렌이 같은 편이라 정말 다행이다.

엘렌 이외의 멤버는 안 좋게 말하면 근육뇌. 전투력은 있지만 그뿐이다. 지금까지 엘렌 덕분에 위기를 얼마나 넘겨왔는지 모른다.

“또 흔들리네.”

“겨우 이 정도가 아니에요. 지금보다 훨씬 더 분위기가 고조될 예정이에요!”

우리는 전쟁터의 고성과 폭발음을 배경음악 삼으며 플레이아가 기다리는 왕실을 찾았다.

전쟁을 끝내기 위해서였다.

부상자도 꽤 나왔으니, 다른 나라를 위해 벌이는 선전전은 이것으로 충분하지 않을까 한다.

◇

왕실에 도착하자 왕좌에 앉아 졸고 있던 플레이아가 눈을 떴다.

“……너도 참 여유가 넘치는구나.”

“앗, 죄송합니다. 할 일이 없어서요.”

쿠데타로 인한 공격을 받고 있는 나라의 공주님이라고는 생각하기 힘든 발언이다.

이런 모습이 밖으로 새어 나갔다간, 지금까지의 연극도 단번에 들키고 만다.

플레이아는 엘렌의 지시대로 왕족의 정장을 입었고, 왕위에 오른 증거로서 왕관도 쓰고 있었다.

불과 얼마 전에는 지오랄 왕이 쓰고 있었지만, 현재의 소유자는 플레이아였다.

"이제 우리가 나설 차례야. 침을 닦고 마음의 준비를 해둬."

"네. 케얄가 님이 화려하게 등장하는 무대를 힘껏 고조시켜 두겠어요."

내가 할 일은 공주 플레어를 항복시키고, 이 나라가 내 소유가 됐다는 사실을 선언하는 것이다.

시나리오상 5천 명의 반란군은 양동으로, 진짜 목적은 나의 잠입이다.

내가 몰래 성으로 숨어들어 플레어 공주를 찾아가, 무력이 아니라 설득으로 플레어 공주를 항복시키고 양위를 받는 줄거리였다.

플레이아에게는 엘렌이 만든 대본이 준비되어 있었지만, 나는 애드리브로 알아서 해결하라는 주문이었다.

그래야 더 나다운 모습이 드러나 설득력이 더해진다는 것이 엘렌의 주장이다.

솔직히 이건 내 특기 분야가 아니니 엘렌에게 맡기고 싶었지만, '케얄가 오라버니는 연기가 서툴러요. 대본을 준비하면 서투른 연기와 대사로 인해 바로 들켜버려요. 모든 게 허사가 되어버려도 괜찮나요?' 하고 엘렌이 생글거리면서 내 요구를 단칼에 거절했다.

뭐가 분한가 하면, 완벽히 그 말 그대로라서 반론조차 할 수 없었다는 것.

"플레이아 씨, 케얄가 오라버니. 예상보다 진행이 빨라요. 20분 정도 뒤에는 나가야 해요. 이미 분위기는 적절히 달아올랐어요.

……반란군에 상상 이상으로 유독 의용병 같은 분이 섞여 있는 데다, 그 녀석들이 유독 나대고 있는 모양이라 제어하기 힘들어요. 악질적인 데다 실력도 영웅 클래스가 몇 사람 정도 있어요. 앞으로 길어야 한 시간이에요."

"엘렌의 통찰력도 완벽하지는 않은가."

"네. 부끄러울 따름이에요……. 생각보다 케얄가 오라버니의 인망이 두터웠나 봐요. 밑에서 올라온 보고로는, 그 영웅 클래스들은 케얄가 오라버니와 아는 사이였대요."

엘렌이 나를 빤히 쳐다봤지만, 난 영웅 클래스 중에 아는 사람이 없었을 텐데.

"그렇다면 서둘러야지. ……마음의 준비는 끝났어."

내가 미소 지으며 영웅다운 표정을 지었다.

그리고 【개량(힐)】을 사용해 그 모습을 케얄의 외모로 바꾸었다. 키가 줄어들었고, 표정이 부드러워졌다.

"역시 케얄가 님은 케얄가 님 그대로도 멋지지만, 케얄 님의 모습도 멋져요."

"저도 그렇게 생각해요. 케얄가 오라버니는 듬직하고 멋지지만, 케얄 오라버니는 부드럽고 멋져요."

내가 쓴웃음을 지었다.

예전에 내가 약하다면서 내쳤던 케얄의 모습을 멋지다고 말하다니.

하지만 마침 좋은 기회다. 꽤 오래전부터 결정해둔 그걸 두 사람에게 전하자.

"그거 말인데. 나는 이제 케얄가 모습으로는 돌아가지 않겠어. 케얄이 되어 이 나라의 왕이 되기 때문이기도 하지만……, 이제 케얄가는 필요 없거든."

케얄가는 나에게 있어 갑옷이나 마찬가지였다.

케얄은 복수를 하기엔 너무 여리고 약했다.

그래서 주저 없이 강하고 이상적인 자신의 모습을 만들어냈다. 그 대가로 약함과 함께 부드러운 모습을 버리고 말았다.

케얄가이기에 복수를 완수할 수 있었다.

하지만 이제 복수는 끝났다. 케얄가라는 갑옷은 더는 필요 없다. 앞으로 필요한 것이 있다면, 케얄가의 강인함이 아닌 케얄의 부드러움이다.

케얄로서 나는 여자들과 행복을 만들어가고 싶다.

"그건 그거대로 아쉽지만, 좋은 생각이에요. 지금의 케얄가 오라버니……. 아니군요. 케얄 오라버니는 딱 맞는 옷을 입은 듯한 모습이거든요."

"네. 지금 이 모습이 훨씬 본인다운 느낌이 들어요. 케얄가 님은 억지로 나쁜 척을 할 때가 있으니까요."

케얄의 모습이 더욱 나다운가.

이 말을 한 달 전에 들었다면 격노했겠지.

하지만 지금은…….

"나도 같은 생각이야."

그렇게 말하며 웃을 수 있다.

맛있는 사과를 재배하고, 사람들이 행복해지길 바라며, 용사를 동경하고, 누군가를 구하기 위해 검을 쥐고 싶다고 생각했던 케얄.

지금 케얄로 돌아가도, 예전의 그 자신과는 다를 수밖에 없다.

수없이 많은 경험을 했고, 온갖 정보를 얻었고, 많은 것을 잃었다.

그렇지만 나는 변해버린 자신이 마음에 든다.

케얄가보다, 예전의 케얄보다도, 지금의 케얄로서 살아가고 싶다.

……다시 케얄가로 돌아간다고 한다면, 소중한 것을 빼앗겼을 때겠지.

"자, 이런 이야기를 하는 중에 시간이 된 모양이야. 가자. 플레이아……. 아니, 플레어."

"네!"

플레어 공주의 모습이 된 플레이아의 손을 잡았다.

내가 케얄로 돌아온 것처럼, 플레이아도 플레어로 돌아오기에 딱 좋은 때일지 모른다.

엘렌이 기억이 돌아와도 엘렌으로 계속 지내고 싶다고 말했듯이 플레이아도 분명……, 지금은 그렇게 생각하겠지.

◇

엘렌의 신호로 성의 병사가 일부러 방어선을 돌파당해 전투는 성안에서 진행되었다.

우리는 이 타이밍을 기다렸다.

나는 플레이아를 이끌고 발코니로 나갔다.

이 발코니는 아래에 모인 사람들에게 정보를 전달하기 위해 설치되어, 아래에서도 위가 잘 보이는 구조였다.

"【치유】의 용사 케얄이다! 양측 모두 검을 거둬라! 더는 이 전투에는 아무런 의미가 없다. 지오랄 왕국의 제1 왕녀. 플레어 알그란데 지오랄은 항복했다!"

나는 목청 높여 선언했다.

목소리는 마력으로 증폭되어 성의 부지 안은 물론 밖에까지 울려 퍼졌다.

전달되는 목소리도 단지 평범한 목소리가 아니었다.

지오랄 왕국에서 연구되던, 목소리에 실린 감정을 증폭시켜 사람을 간단히 세뇌하는 장치도 사용했다.

이런 악랄한 장치를 만들었다니 어처구니없지만, 있는 물건을 이용하지 않을 수는 없다.

그 효과는 무척 뛰어났다. 전쟁에 열을 올리던 병사들이 멍하니 손을 멈추고 발코니를 올려다보았다.

이곳을 주목하는 사람들을 확인한 후, 나는 플레이아의 등을 살짝 밀었다.

"저 플레어 알그란데 지오랄은 【치유】의 용사 케얄에게 항복했습니다. ……단지 목숨을 구걸하려고 나라를 팔아넘긴 것이 아닙니다. 케얄 님의 이야기를 듣고, 이 나라의 국민이 더욱 행복해질 수 있다고 판단했기에 양도한 것입니다."

플레어의 카리스마는 역시 뛰어나다.

아름다운 외모와 모든 사람을 매료하는 목소리.

몸짓과 손짓은 감성에 맡기고 있는데도, 그 어떤 정교한 연기보다도 마음을 사로잡았다.

그 누구보다도 공주다운 공주. 이거야말로 공주 플레어의 무시무시한 재능. 군사, 정략가로서는 엘렌이 압도적으로 뛰어나지만, 정치가로서는 플레어도 엘렌에 비견될 만하다. 그만큼 카리스마, 사람의 마음을 움직이는 자질은 충분하다.

“내가 반란을 일으킨 이유는 원한 때문이 아니다. 단지, 이 나라를 더 좋게 만들고 싶기 때문이다. 무익한 피를 흘릴 생각은 없다. 따라서 숙청은 이뤄지지 않을 것이며, 지금까지 이 나라를 지탱해온 자들을 소홀히 하지도 않을 것이다. 그러면서도 새로운 바람을 일으켜 이 나라를 바꾸어가고 싶다.”

“이 말씀에는 아무런 거짓이 없습니다. 케얄 님은 저의 힘마저도 필요하다고 말씀하시며 저의 손을 잡아 주셨습니다.”

플레이아가 모든 이들의 마음을 녹이는 미소를 지으며 손을 뻗었다.

그리고 나는 그 손을 꼭 잡았다.

반란을 일으킨 자가 반란으로 물러나게 될 사람의 손을 쥔 모습을 보자 동요가 퍼져나갔다.

“다들, 전쟁은 이제 끝내자. 앞으로는 손을 맞잡고 이 나라를 다 같이 발전시키자. 먼저 검을 내려놓고 악수를 해줄 수는 없을까. 나와 플레어처럼. 그것이야말로 이 나라가 더욱 살기 좋

게 바뀌기 위한 첫걸음이다!"

반란군의 수장인 나와 지오랄 왕국의 지배자인 플레어 공주의 악수를 시작으로, 조금 전까지 서로 죽이려고 하던 병사들이 손과 손을 맞잡았다.

그런 아름다운 광경이 퍼져나갔다.

나와 플레이아는 그 광경을 보고 미소 지었다.

"다들 고맙다! 모두 손을 맞잡으면 이 나라는 변하게 된다. 약속하지. 이 【치유】의 용사 케얄이 상처받고 삭막해진 나라를 치유해 예전보다 더 풍요로운 나라로 만들겠다고. 그리고 지금, 이 순간, 지오랄 왕국은 죽고 새로운 나라로 다시 태어나게 된다!"

거기서 잠시 뜸을 들였다.

주목과 기대가 한계까지 고조된 순간을 보아 내가 말했다.

"새로운 이 나라의 이름은……, 파나케이아 왕국! 치유의 여신, 그 이름을 지닌 나라. 앞으로 새로운 나라를 우리가 모두 함께 발전시켜 나가자. 나와 함께 행복한 미래를 목표로 노력해 주었으면 한다!"

그 말에 응답하듯이 박수와 환성이 울려 퍼졌다.

적도 아군도 관계없이.

""""""파나케이아 왕국 만세!!""""""

틀림없이 이 순간, 이 자리에 있는 사람들은 마음이 하나가 되었다.

나는 만족스럽게 고개를 끄덕였다.

분위기와 기세로 간신히 극복해냈다.

아무도 방금 그 연설은 물론이고 쿠데타에는 별 의미가 없으며, 단지 배상금을 회피하기 위한 행위라고는 생각하지 않겠지.

하지만 나는 방금 내가 한 말을 진실로 만들고 싶었다.

내가 했던 말은 이상론에 불과하지만, 나의 여자들, 그리고 언젠가는 태어나게 될 아이들과 행복하게 살려면 그런 나라가 필요하다.

그걸 위해서라면 조금은 노력하고 싶었다.

그런 생각을 하면서 나는 플레이아와 함께 성안으로 돌아갔다.

우리 차례는 여기서 종료. 이제는 엘렌이 예정대로 사후 처리를 진행해주겠지.

제7화 회복술사는 세계 종교에 도전한다

쿠데타가 끝나자 눈코 뜰 새 없이 바빠졌다.

나라의 정상이 바뀌면 귀찮기 짝이 없는 의례니 인사 방문이니 하는 일들이 기다리고 있다. 그리고 아무리 사전에 공작을 펼쳐 뒀다고 해도 국내외의 반발은 피할 수 없었다.

하지만 문제가 커지기 전에 싹은 이미 모두 꺾어두었다.

그것 또한 엘렌이 대활약을 펼쳤다.

빈틈없이 조정하고 온갖 트러블에 적절히 대처해, 새롭게 왕이 된 나는 엘렌이 준비해준 무대에서 적당히 몇 마디만 하면 그만이었다.

편해서 좋다.

역시 정치란 귀찮고 어렵다. 엘렌이 했던 것처럼 분주히 돌아다니는 짓은 절대 못 하겠지.

나라면 중간 어디쯤에서 한계를 맞이해, 힘과 약으로 슬쩍슬쩍 상대하기 어려운 놈들을 세뇌했으리라 생각한다.

나라의 운영은 번거로워서 견딜 수 없을 거라는 나의 생각은 잘못되지 않았다.

나라가 겨우 좀 안정됐을 무렵, 엘렌이 중용하는 문관과 나의 여자들을 태운 마차가 나라 밖으로 나갔다.

목적은 세계 회의에 참가하기 위해서였고, 그 여행도 오늘로 일주일째다.

“비행기의 수리가 끝나지 않은 게 뼈아프네요. 그게 있으면 하루 만에 도착했을 텐데.”

플레어가 투덜거렸다.

그날부터 내가 케얄이 된 것과 마찬가지로 플레이아는 플레어로 돌아갔다.

기억은 돌아가지 않았지만.

단, 플레어처럼 지내라고 지시는 해두었다.

이제부터는 플레어 공주로서 해야 할 일도 많으니, 일일이 모습을 바꾸기가 귀찮기도 했고……, 나의 심정 때문이기도 했다.

“용 소재 없이 비행기를 만들고 싶었지만……. 전혀 시간을 낼 수 없었어.”

비행기가 얼마나 빠른지 알고 있는 만큼, 마차의 속도에는 불만을 느낄 수밖에 없었다.

이런 이동 속도에 소비할 시간이 있으면 할 수 있는 일이 한두 가지가 아닌데…….

그렇지만 만들지 못한 이상 어쩔 수 없는 일이다.

이 이상 출발을 늦추면 세계 회의에 참석하지 못한다.

그랬다간 우리가 없는 곳에서 논의가 척척 진행되어, 자칫하다간 나라가 멸망한다.

“지금은 케얄 오라버니의 대역을 준비하고 있어요. 준비만 잘 되면 대역으로 충분한 일은 전부 대역이 처리하니, 그때가 되면 좀 편해질 거예요. 그때까지만 참아주세요. 왕의 대역은 아무리 저라도 할 수 없으니까요.”

"고마워. 어차피 파나케이아 왕국에서 왕은 장식일 뿐이야. 내가 없어도 괜찮아."

모든 지휘는 엘렌이 맡는다.

왕이 필요한 일은 여럿 있지만, 주된 일은 단지 그곳에 머물러 있는 것이다.

그렇다면 굳이 본인일 필요는 없다. 겉모습만 비슷한 가짜라도 충분하다. 뭐하면 【개량(힐)】으로 형태를 만드는 일을 도와줘도 상관없다.

"정말 그래도 될까? 원래 모든 권한은 엘렌에게 있으니, 대역도 엘렌의 인형이지? ……엘렌이 마음만 먹으면 쉽게 나라도 탈취할 수 있어."

"굳이 대역을 쓸 필요도 없이, 원래 처음부터 엘렌이 마음먹기에 달렸어. 내 이상을 현실로 바꿀 수 있는 사람은 엘렌뿐이니까. 엘렌한테 배신당하면 끝장인데, 배신당하지 않으려고 대책을 세우느라 움직이기 불편하게 만들어 봐야 아무런 의미도 없잖아."

내가 할 수 있는 일은, 나라를 어떻게 만들고 싶은지 이야기해주는 것뿐이다.

그 이상은 실천할 능력이 없다.

어떻게 보면 그건 올바른 왕의 모습이다.

왕이 길을 제시하면 국민이 그것을 실현하는 모습.

"맡겨주세요. 제가 케얄 오라버니를 배신하는 일은 없을 테니까요."

"그건 그러네. 이상한 소릴 해서 미안해. 그런데 케얄가와 플레이아가 케얄과 플레어가 된 지 얼마간 지났는데도 익숙해지질 않아. 목소리도 겉모습도 다르다 보니."

나와 플레이아……, 플레어는 쓴웃음을 지었다.

그렇게 말한다 해도 어쩔 수 없는 일이니……. 이것이 본심이었다.

"응, 세츠나는 괜찮아. 냄새는 변하지 않았으니 전혀 이상하지 않거든."

"구렌도, 기분 좋게 만들어주고 고기만 준다면 뭐든 상관없어!"

크레하와 달리 짐승 귀 두 사람은 바로 적응했다.

말은 이래도, 두 사람은 짐승 성질이 섞여 있어서 그런지 겉모습이나 목소리 같은 표층적인 부분이 아니라 더 깊은 내면으로 사람을 식별한다.

실제로 내면은 바뀌지 않았으니까.

나는 지금까지와는 달리 억지로 나쁜 척하는 발언을 하지 않아 조금 부드러워진 것 외엔 변화가 없었고, 플레어로 돌아간 플레이아는 평소와 전혀 다를 바가 없었다.

"그러네. 익숙해지도록 노력할게."

"뭐하면 침대 위에서 내가 나라는 사실을 가르쳐줄까?"

최근 바쁘다 보니 여자들을 안지 못했다.

오늘은 크레하를 사랑해줄까?

마음껏 몸을 포개면 어색한 감정도 사라지겠지.

"후후. 부탁해. 실은 좀이 쑤셔서 참기 힘들었어."

"아아, 치사해요. 저도 요즘 계속 하지 못했으니까요. 임금님이 되어 바쁘시기야 하겠지만, 이제 저희도 귀여워해 주세요!"
"구렌도!"
"응. 세츠나도 귀여워해 줬으면 좋겠어."
"세츠나가 매일 아침 케얄 오라버니에게 봉사해주는 건 다 알고 있어요. 이번엔 저도 포함한 다섯 명이 쟁탈전을 벌이기로 하죠."
여자들이 떠들썩해졌다.
오랜만에 다 같이 할까.
"떠드는 것도 좋지만 목적지에 도착했어. 긴 여행도 이제 끝이야. 이 나라가 세계 회의가 열리는 곳인가."
도시 안으로 접어들었다.
이곳은 흰 도시였다. 건물이 전부 흰색 일색으로, 깔끔하게 청소되어 있는 아름답고 정갈한 도시였다.
……그래 봐야 허영일 뿐이지만. 법으로 흰색 이외에는 허용하지 않고, 청소를 게을리하면 엄벌을 내린다.
더러운 곳을 흰색으로 덧칠한 거짓된 세계.
"세계 회의가 열리는 곳으로서는 타당하네요. 지오랄 왕국, 그란츠밧하 제국과 어깨를 나란히 하는 세계 3대 강국의 하나, 스코델리아 황국. 앞선 두 나라가 쓰러져서야, 자연히 이 나라가 세계의 중심일 수밖에요."
스코델리아 황국.
이 나라는 종교 색채가 강하다. 그럴 수밖에 없는 이유는, 지오랄 왕국의 국교이기도 했던 파란교(敎)의 총본산이기 때문이다. 나는 파란교가 싫다.

파란교는 예전에 우리 마을을 사교에 물든 마을이라며 불태워 없애버렸다.

이 자리에 있는 엘렌이 노른 공주일 때 생각한 책략이지만, 사교라 인정한 것은 파란교다.

돈에 넘어가 죄 없는 마을을 사교 집단이라 낙인찍었다. 성직자라며 착한 척을 하고선……. 구역질이 난다.

그래서 나는 지오랄 왕을 죽인 다음에는 철저하게 국내에서 파란교를 없애버렸다.

신자가 많은 종교를 몰아내다 보니 반란도 일어났고, 마음을 의지할 곳을 잃은 국민도 많아 전 세계에 뿌리를 내린 종교답게 적도 늘었다.

정치적으로 보면 그 판단은 잘못이라고 나도 인정한다.

그래도 나는 실행했다.

나는 나한테서 소중한 것을 빼앗아 간 놈들은 용서치 않는다.

무엇보다도 이 파란교의 교리는 절대로 받아들일 수 없었다.

"응? 우릴 빤히 쳐다보고 있어."

"기분 나빠!"

마차에서 몸을 내밀고 거리를 구경하는 세츠나와 구렌을 보는 눈총이 따가웠다.

적대감, 경멸, 혐오.

그러한 감정이 뒤섞인 눈동자.

“다 이유가 있어. 이 나라의 교리상으로는 인간만이 신에게 선택되어 사랑받는 특별한 존재고, 다른 생물은 전부 하등한 존재라고 하니까. 수인도 아인도 마족도 전부 다.”

“역시 케얀 오라버니는 박식하시네요. 그런 교리를 지녔기에, 아인과 수인을 노예로 삼고 마족과 전쟁을 벌이던 지오랄 왕국과는 죽이 잘 맞았지만요.”

인간 이외에는 사람이 아니다.

그런 가르침을 받아왔기에 이런 눈으로 바라볼 수밖에 없었다.

지오랄 왕국이 아인을 심하게 차별했던 이유도 이 파란교의 영향이 컸다.

그리고 이 나라는 총본산답게 더욱 아인 차별이 심각했다.

태어났을 때부터 원래 그렇다고 교육을 받았으니 어쩔 수 없는 일이다. 이렇게까지 뿌리 깊게 박혀 있어서야, 가치관은 변하지 않는다.

내 나라인 파나케이아 왕국은 수인과 아인의 인권을 인정하고, 더 나아가 마족과 동맹을 맺으려 하고 있다. 내가 파란교를 쫓아낸 이유는 과거의 원한도 있지만, 내가 목표로 삼는 나라에는 이 종교가 방해가 될 뿐이었기 때문이다.

그런 역겨운 가르침은 필요 없다.

“잠깐! 구렌은 신수야! 수인 취급을 하다니 유감이야! 신을 숭배한다면 이 복슬복슬하고 아름다운 몸에서 넘쳐나는 신기를 느껴줬으면 좋겠어!”

구렌이 소리치면서, 평소보다도 더욱 신수에게만 허용된 신성한 기를 내뿜었다.

진정으로 능력이 있는 성직자가 보면 실금을 하며 그 자리에서 무릎을 꿇어도 이상하지 않은 수준이었다.

“소용없어. 이자들은 신을 믿기는 하지만 신을 느낄 만한 힘도, 신의 은혜를 받아들일 그릇도 없으니까.”

“그런데도 왜 신을 믿고 받들어?”

“교리를 그대로 따르기만 하면, 자신이 신에게 선택된 특별한 존재라는 느낌이 들기 때문이지. 인간 이외의 사람도 깔보지만, 파란교의 교리에 따르지 않는 자들도 경멸해. 텅 빈 인간이기에 무언가에 의지하며 편한 우월감을 얻고 싶은 거야. 무엇보다 파란교가 숭배하는 파랄 파란이란 신은 존재도 하지 않아. 존재하지 않는 신에게 기도해 봐야 아무런 의미도 없지. 단지 세뇌일 뿐이야.”

“바보야. 눈앞에 신성한 신수님이 있는데 무시하고 가짜 신을 숭배하다니, 머리가 깡통이야.”

“그걸 부정하지는 않겠지만, 종교 자체가 원래 그런 성질을 지니고 있으니 어쩔 수 없어.”

종교의 본질은 약한 자가 의지할 대상을 준비해주어 마음의 평안을 유지하도록 돕는 것이다.

숭배 대상이 진짜인지 아닌지는 중요하지 않다. 스코델리아 황국의 안정된 모습을 보면 목적은 충분하게 달성하고 있었다.

알기 쉽게 말하자면, 돈을 내고 의식을 행하기만 하면 선택된 존재가 될 수 있는 상품을 파는 곳이 바로 종교이며, 그 종교의 정점이 바로 파란교다.

그러든 말든 나는 알 바가 아니다.

다만 그 교리를 남한테 강요한다면 절대 용서할 수 없다. 그런 멍청한 신앙을 유지하는 일이야 자기들 마음이지만, 그 가르침에 반대하는 사람을 제거하려고 하니 문제다.

이번 세계 회의의 주제는 그란츠밧하 제국이라는 거대한 파이를 어떻게 나눌 것인가다.

붕괴한 그 대국에 여러 나라가 몰려들어 영지와 권리의 쟁탈전을 벌이고 있다.

그러나 두 가지, 놈들이 일부러 지오랄 왕국……, 지금은 파나케이아 왕국으로 바뀐 우리에게 전하지 않은 숨겨진 주제가 존재했다.

우리에게 사과와 배상을 요구하는 것, 그리고 우리 파나케이아 왕국이 제정한 수인과 아인을 평등하게 대한다는 법안을 수정하는 것. ……마족과의 동맹은 아직 공개되지 않았지만, 그 사실을 알게 되면 전쟁마저 시작하려 들지 모른다.

요컨대, 우리를 먼지 털듯이 털어서 빼앗을 수 있는 게 있다면 모두 빼앗아 갈 작정이다.

미안하지만 그 정보는 엘렌이 사전에 입수해 전부 대책을 세워 두었다.

우리는 맞기만 할 생각이 없다. 맞는다면 반격할 준비가 되어 있다.

조금도 물러서지 않을 생각이다.

그러한 강인함을 케얄가 시절에 발견했다.

케얄로 돌아와서도 그 강인함은 잃지 않았다.

우리를 물어뜯으러 오는 하이에나들에게 본때를 보여주마. 그리고 다시는 대적하지 못하도록 그 엄니를 보여주겠다.

제 8 화 회복술사는 이의를 제기한다

세계 종교라 해도 과언이 아닌 파란교의 총본산에서 세계 회의가 개최되기까지 며칠을 보냈다.

우리는 국빈 대접을 받았다.

숙소도 식사도 초일류다.

그럼에도 불구하고 세츠나와 구렌을 바라보는 혐오가 담긴 눈은 숨기지 못했다.

이곳에 있는 사람들은 국빈을 모시기 위한 프로들. 원래는 국빈을 모욕하다니 있을 수 없는 일이다. 그 터무니없는 일이 벌어질 만큼, 이 나라는 이상했다.

얼마나 차별이 뿌리 깊게 박혀 있는지 알 수 있었다.

그리고 드디어 오늘은 세계 회의 당일이다.

아침부터 회의가 있어서 아침 식사를 끝내면 회의장으로 가야 한다.

"케얄은 왜 세츠나랑 구렌을 데리고 왔어? 너희 두 사람은 주변의 여론이 안 좋을 걸 미리 다 예상했지?"

"그래. 엘렌과 논의해서 다 알면서도 데리고 왔어. 그럴 필요가 있었으니까."

세츠나와 구렌은 서류상으로는 우리의 호위다.

즉, 얼마든지 다른 사람으로 대신할 수 있는 직책이었다.

굳이 데리고 올 필요는 없었다.

이 나라에서 어떤 시선으로 바라보고, 이 나라가 어떤 식으로 생각할지를 고려하면 파나케이아 왕국에 놔두고 와야만 했다.

"세츠나는 데리고 와줘서 기뻐. 케얄 님이랑 떨어지긴 싫으니까. 그 이외의 사람들이 어떻게 생각하든 아무 상관도 없어."

"구렌도 익숙해졌어! 그리고 여기에 온 뒤로 주인님이 평소보다 더 사랑해줘서 좋아!"

"이틀간 계속 해 댔으니까."

우리는 준비를 철저히 하고 출발했다.

새삼 다급히 해야 할 일도 없었고 이런 역겨운 나라에서는 관광을 하고 싶지도 않았기 때문에, 우리는 방에 틀어박혀 하루 종일 사랑을 나눴다.

무척 충실한 하루하루였다.

"그럼 다행이고. 두 사람 모두 참 강하구나?"

크레하의 그 발언에는 약간의 착각이 섞여 있었다.

세츠나와 구렌의 사고 회로는 나와 비슷해서, 친한 사람 이외에는 관심이 극도로 적다. 조금 전에 세츠나가 했던 말처럼 아무 상관도 없는 일이다.

그러니까 적대감을 품는 사람이 있어도 문제가 없다.

"그만큼 사랑을 나눴으니 케얄 님의 아이가 생길지도 몰라요."

"기대돼요. 케얄 오라버니와 저의 아이가요."

"이제 피임도 안 하고 있으니까. 언제 생겨도 이상하진 않지."

여자들에게는 더 이상 피임하지 않겠다고 선언했다.

단순한 쾌락을 얻는 데 그치지 않고 아이를 가지고 싶었다.

지금까지 피임을 했던 이유는 복수를 완수하기 위해서는 여자들의 힘이 필요했으니, 그러한 일상과 행복의 상징에는 흥미가 없었기 때문이었다.

하지만 지금은 다르다. 내 여자들과의 미래가 필요했다.

아아, 그런가. 나는 계속 복수를 오락처럼 즐겼다. 즐겼다고 봤지만, 사실은 과거에 얽매여 있었다. 미래를, 앞을 보게 되니 이런 생각을 하게 되는구나.

"힘낼래! 많이 먹고 영양을 보충할게!"

세츠나는 평소에도 많이 먹지만 오늘은 유독 잘 먹었다.

아이를 낳기 위해 영양소를 많이 저장해 놓으려는 습성은 짐승의 본능이고, 인간에게도 도움이 되는 행동이다. 물론 무슨 일이든 적당히 해야 하는 법이긴 하다. 너무 지나치면 비만이 되어 출산할 때 위험도 커지고, 그 이전에 몸이 망가지면 아무 의미도 없으니까.

"아, 케얄가 오라버니. 게스트도 무사히 도착했나 봐요."

"그래? 아슬아슬했네."

"게스트도 무척 바빴나 봐요."

"그야 그렇겠지. 세계 회의가 끝나면 여긴 엘렌에게 맡기고 그쪽에 가볼게."

엘렌 정도는 아니겠지만 어느 정도는 나도 정치력이 있다.

지식만이라면 엘렌의 그것을 카피했으니까. 그걸 잘 활용할 수 있는가는 별개의 문제지만, 이만큼 훌륭한 모범적인 모습을 보아왔으니 엘렌의 도움도 될 수 있다.

"네. 부재중은 저에게 맡겨주세요. ……자, 이제 가볼까요. 모략과 음모가 판치는 세계 회의 회의장으로!"

나는 씁쓸하게 웃었다.

파란교의 감시가 붙어 있는데, 아무렇지 않게 모략과 음모가 판치는 세계 회의 회의장이라고 말하다니.

봐. 감시가 얼굴을 찌푸렸잖아. 아주 잠시, 평범한 사람이라면 눈치채지 못했겠지만 나는 그런 작은 표정도 놓치지 않는다.

'일부러인가. 일부러 짓궂게 행동했구나.'

그렇다면 나도 어울려주겠어.

"자, 표적이 되러 가볼까."

"네, 케얄가 오라버니. 돌을 되받아칠 준비는 완벽히 됐어요."

나는 너무 노골적인 그 말을 듣고 웃으면서 믿음직한 군사의 손을 잡았다.

◇

세계 회의가 시작되었다.

이곳에는 주요국의 대표가 모여 있다.

참가 가능한 인원은 각 나라마다 다섯 명으로 정해져 있어, 옛 지오랄 왕국이자 현재의 파나케이아 왕국의 참가자는 나, 플레어, 엘렌, 크레하, 세츠나……, 그리고 아기 여우 모드의 구렌이었다.

여우는 사람 수에 포함되지 않는다.

직책은 나라의 대표와 그 보좌 두 명, 그리고 호위 두 명.

'즉, 이미 파나케이아 왕국이 됐다는 사실은 잘 알려져 있어, 우리는 지오랄 왕국이 아니라 파나케이아 왕국의 대표로 참가했다.'

그 쿠데타에는 여러 나라의 첩보원이 사람들 사이에 섞여 있었고, 우리가 그 정보를 널리 알리기 전부터 그들은 정보를 자신들의 나라에 보고했다.

중요한 점은 이 세계 회의에 파나케이아 왕국이란 이름으로 참가하는 데 성공한 일이었다. 즉, 파나케이아 왕국이 국제 사회에서 인정받은 셈이다.

넓은 공간의 회의장 중앙에는 사회자이자 이번 회의의 호스트인 스코델리아 황국의 성제(聖帝)가 앉아 있었다.

스코델리아 황국은 성제라 불리는 자가 나라와 종교 모두의 정상에 군림한다.

정교분리라는 근대 사상과는 거리가 저 멀리 떨어진 나라로, 종교가 곧 국가다.

"흠, 정시가 됐군. 회의를 시작하겠다."

먼저 예정대로 그란츠밧하 제국의 분할이 의제로 제시되었다.

각국은 저마다 큰소리로 자신의 몫을 주장했다. 지난 전쟁에서 얼마나 큰 공적을 올렸는가, 또는 그 토지의 역사적 배경 등을 내세우며.

그리고 우리가 발언할 차례가 왔다. 엘렌이 일어섰다.

"우리는 지난 대전(大戰)에서 적의 주력 부대를 괴멸시켰을 뿐만 아니라, 정예 부대로 수도를 강습하고 지도자인【대포】의 용사 브렛을 토벌했습니다. ……이 대전은 사실상 우리의 힘만으로 승리한 것과 다름없습니다. 그란츠밧하 제국의 대부분은 우리나라 몫이라고 주장할 권리가 있습니다."

엘렌이 강하게 주장했다.

그러자 각국이 맹렬히 반발했다.

이대로 가선 자신들에게 돌아올 몫이 없어질지도 몰라 초조해졌기 때문이다.

얼마간 떠들썩한 발언을 듣기만 한 뒤, 엘렌이 싱긋 웃었다.

그리고 다시 말했다.

"그러나 그건 지오랄 왕국의 공적일 뿐, 파나케이아 왕국의 공적은 아닙니다. 지오랄 왕국의 공적을 바탕으로 파나케이아 왕국이 보상을 받아선 도리에 어긋납니다. 여러분도 그렇게 생각하지 않으시나요?"

잘됐다는 듯 각국은 엘렌의 발언에 찬성했다.

각 나라는 입을 모아, 그건 지오랄 왕국의 공적일 뿐 파나케이아 왕국은 관계없다고 말했다.

……여전히 엘렌은 짓궂구나.

처음부터 우리는 우리의 몫을 주장할 생각이 없었다. 우리의 몫을 포기함으로 지오랄 왕의 죄를 면제받을 생각이었다.

그러나 우리의 몫을 포기한다 하더라도 방법은 여러 가지다.

가장 간단한 방법은 '우리의 몫을 포기하는 대신, 예전의 죄를 용서해달라'라고 말하는 것이다.

물론 그런 소릴 한다고 해서 욕심 많은 각 나라들이 트집을 잡지 않고 순순히 받아들일 리는 없다.

그런 점에서 보면 지금 이 방법은 무척 효과적이었다. 완벽한 포석이다.

엘렌이 무슨 생각인지 눈치챈 나라도 몇몇 있어 보였지만, 대다수는 눈앞의 욕심에 이끌려 엘렌의 주장에 지지를 보냈고, 이 흐름은 계속 변하지 않았다.

몇 분 후, 파나케이아 왕국을 제외한 나라들은 파이를 나누듯 그란츠밧하 제국을 조각조각 내서는 홀떡 먹어버렸다.

이렇게 순식간에 논의가 끝나버린 걸 보면, 사전에 여러 가지 사항을 미리 결정하고 온 모양이다.

이것으로 정식 의제는 종료되었다.

하지만 오늘 회의는 이것으로 종료가 아니었다.

우리에게도 지금부터가 진짜라 할 수 있었다.

"이제 다음 의제로 넘어가겠습니다. 지오랄 왕국, 아니군요, 파나케이아 왕국의 배상 책임에 관해서입니다. 과거의 지오랄 왕, 마르그르트 리킬 지오랄의 폭거로 인해 많은 국가가 심각한 피해를 입었고, 그 상흔은 아직도 치유되지 않았습니다. 파나케이아 왕국에게는 배상할 책임이 있습니다."

그 말에 찬성하는 목소리가 잇달아 들려왔다.

아무래도 그란츠밧하 제국만으로는 배가 부르지 않았던 모양이다.

이번에는 우리를 집어삼키고 싶어 안달이었다.

조금 전에 대전의 공적을 표명한 것처럼, 잇달아 각 나라는 자신의 나라가 받은 피해와 그에 적합하다고 생각되는 배상을 요구했다.

이걸 즉석에서 산출해낼 수 있을 리가 없다.

사전에 이 일이 의제로 오를 줄 알고서 세심하게 준비해 온 거겠지.

지오랄 왕국 이외에는 이미 이야기가 공유된 상태였다.

……얼간이 같은 놈들이다. 그만큼 이야기가 퍼져 있으면, 아무리 우리에게 숨기려 해봐야 결국에는 정보가 새어 나올 수밖에 없다.

그런 얼빠진 짓을 하지 않았다면, 우리가 이번에 대책을 미처 세우지 못했을지도 모른다.

각 나라가 주장한 내용, 배상금, 인재, 기술 공여 등을 모두 합산해보았다.

그런 짓을 하면 자원과 국토의 대부분을 잃을 뿐 아니라, 막대한 빚을 떠안게 되어 평생 내 나라는 타국의 노예나 다름없이 변해버린다.

전체적으로 각 나라의 주장이 끝나고 우리의 발언 차례가 돌아왔다.

엘렌이 나를 바라보았다.

실제로 지금은 왕인 내가 발언을 해야만 했다.

엘렌은 나라면 조금 전 자신이 깔아놓은 포석의 의미를 알고 있으리라 믿고 나에게 발언을 위임했다.

"파나케이아 왕인 케얄이다. 우리나라에 배상 책임이 있다고 했는데……, 그런 책임은 존재하지 않는다. 지오랄 왕국이 한 일이니, 파나케이아 왕국과는 전혀 상관없는 일이기 때문이다. 이상."

단언했다.

그 어떤 동요도, 주눅 드는 일도 없이, 단지 사실을 말하고 있다는 분위기를 연출했다.

당연히 다른 나라가 그런 주장을 인정할 리 없으니, 그들이 벌떡 일어서 소리치는 바람에 회의장은 이상한 열기에 휩싸였다.

"헛소리는 집어치워라!"

"그런 주장이 통할성싶으냐!"

"전혀 반성의 빛이 보이지 않는군!"

당연히 순순히 받아들여줄 리가 없지.

"정숙!"

성제의 발언에 회의장이 조용해졌다.

역시 세계 종교. 대단한 구심력이다.

"파나케이아 왕, 케얄! 그와 같은 실없는 소리가 통할 줄 알았는가?"

"통하고말고. 처음부터 이곳에 있는 분들은 모두 인정하지 않았나. 일단 결정된 일을 뒤집으려 하다니, 과연 옳은 일일까?"

또다시 나에게 비난이 쏟아졌다.

성제가 자리를 진정시키고, 나에게 의도를 설명하라고 말했다.

"조금 전, 그란츠밧하 제국의 분할에 관해 우리나라는 이렇게 주장했다. 대전의 공적은 지오랄의 것이니 파나케이아 왕국은 관계없다. 따라서 우리는 지오랄 왕국의 몫을 받을 수는 없다고. 그러자 귀국들은 우리의 발언에 찬성했다. 그렇다면 공적과 마찬가지로 배상도 또한 지오랄 왕국이 치러야 할 몫이지 파나케이아 왕국과는 관계가 없지 않겠는가. 귀국들이 지오랄 왕국과 파나케이아 왕국은 별개라고 인정했으니까!"

반론하려고 몸을 떨던 나라들의 대표가 동요하기 시작했다.

그렇다. 그건 엘렌이 이걸 위해 깔아놓은 포석이다. 단지 권리를 포기하며 용서를 비는 것이 아니라, 지오랄 왕국과 파나케이아 왕국이 별개라는 점을 인정한 전례를 만들었다.

공적은 지오랄 왕국의 것이고 죄는 파나케이아가 짊어져야 한다는 편의적 해석은 허용되지 않는다.

이미 이 자리에서 지오랄 왕국과 파나케이아 왕국은 별개로 취급되었다. 무슨 말을 하든 그렇게 밀고 나갈 수 있게 되었다.

"우리 파나케이아 왕국의 주장은 이상이다. 지오랄 왕국의 죄는 지오랄 왕국에게 물어주길 바란다. 이 의제에 관해선 더는 할 이야기가 없다고 생각한다만?"

성제가 살기를 담은 시선으로 바라보았다.

성제로서는 불만이겠지. 사회자이긴 하지만 개인적인 원한이 있어서 우리에게 따끔한 맛을 보여주고 싶어 안달인 듯했다.

파란교를 국내에서 몰아낸 일. 보란 듯이 그들의 교리상 미친 한 자들인 수인을 이 자리에 데리고 온 일. 그 모든 일이 그에게는 비위에 거슬리는 모양이었다.

"그런 주장은 인정할 수 없습니다. 발언을 철회하세요, 파나케이아 왕 케얄."

"우리의 주장이야말로 합리적일 텐데? 명령이 아니라 논의를 해줬으면 하는군. 나는 파란교의 신자가 아니야. 신이라도 된 양 거만한 시선으로 바라보지 말길 바란다. 여기는 교회가 아니니까."

굉장한걸? 가벼운 이 한마디로 성직자라는 가면이 벗겨지고 추한 지배욕으로 뭉친 추악한 본모습이 드러나다니.

이토록 그릇이 작은 남자도 정상에 설 수 있다면, 종교 한둘은 나도 만들어낼 수 있을지 모른다. 종교는 나라를 안정시키기 위해 편리한 장치이기도 하니까.

"각오는 되었겠지요? 그런 실없는 소리를 계속하면 각 나라의 제재가 기다리고 있을 뿐입니다."

"그러고 싶다면 얼마든지. 우리의 주장은 옳으니까 불합리하게 우릴 공격한다면 그건 곧 침략이야. 우리는 맞설 준비가 되어 있어."

"휴, 세계를 적으로 돌릴 셈입니까?! 제재가 발동된다면 참가국은 한두 나라가 아닐 겁니다. 세 나라, 아니지요, 더 많을 겁니다. 과연 이길 수 있을까요?"

"당연히 이기지. 파나케이아 왕국은 승리한다. 단, 세계를 적으로 돌린다면 물량전에서는 크게 밀리겠군. 하지만 전쟁은 이길 수 있어. 나라면 소수의 정예를 이끌고 수도로 쳐들어가 그 나라의 지배자를 몰살시킬 수 있으니까. 그러면 전쟁은 끝나지.

이 세계에는 이미 나를 막을 수 있는 자가 없다. ……나는 직접 다른 나라를 침공할 생각은 털끝만큼도 없어. 그러나 나는 나한테서 빼앗아 가는 자들은 용서치 않아. 침략하겠다면 자신의 죽음을 각오하고 덤벼라."

아무런 거짓도 없는 진실.

아무리 전력의 차이가 심해도, 절대적 전력인 내가 지배자를 죽이면 그것으로 끝이다.

"지금 협박하는 겁니까? 하하, 그런 짓은 불가능, 그렇고말고, 당연히 불가능하다!!"

"협박한 사람은 당신일 텐데? 다른 질문에도 대답하마. 당연히 가능해. 나는 그렇게 브렛을 죽였거든. 뭔가 착각하고 있지 않나? 세계를 멸망시킬 뻔했던 브렛을 죽일 수 있었던 이유는 내가 놈보다 강했기 때문이다. 나는 놈을 뛰어넘는 괴물이야."

성제의 얼굴이 실룩거렸다.

지금 그는 이렇게 생각하고 있겠지.

혹시 자신은 지금, 이 괴물을 적으로 돌린 게 아닌가 하고.

"말했을 텐데요? 세계를 상대로 싸움을 걸면 그만한 대가를 받게 됩니다!"

그리고 어차피 적이 됐다면, 자신 이외의 다른 나라를 총알로 사용해 그곳으로 의식을 돌리려는 심산이다.

그래서 멍청이들이 그런 작전에 넘어가지 않도록 나는 못을 박아두었다.

"그것도 착각이군. 싸움을 거는 건 그쪽이고, 나는 얻어맞으면 반격할 뿐이라고 말했을 텐데? 그리고……, 파나케이아 왕국은 고립되지 않아.”

나는 손가락을 튕겼다.

그러자 다섯 개 나라의 대표가 일어섰다.

“우리는 파나케이아 왕국과 동맹을 맺겠습니다. 파나케이아 왕국은 논리적으로 올바른 주장을 하고 있으니, 그것을 부당하게 공격한다면 가만히 있을 수 없습니다.”

“당신들 지금 제정신입니까?!”

다섯 나라를 대표해 발언한 남자는 물의 도시의 지배자인 카스타 왕자였다.

엘렌이 사전 공작을 했던 나라들이다.

그들이 일어선 이유는 우리의 주장이 논리적으로 타당하기 때문이다. 그렇지 않았다면 이 자리에서 이처럼 움직여줬을 리가 없다.

이것으로 더 이상은 세계 VS 파나케이아 왕국의 구도가 아니게 되었다.

이 혼란이 완전히 수습되지 않은 지금이 바로 호기였다.

압도적인 카드를 내놓을 기회다.

뚜벅, 뚜벅. 존재감 넘치는 발소리가 들렸다.

너무나도 작은 소리. 그런데도 누구 하나 그 소리를 무시할 수 없었다.

나타난 사람은 소녀였다.

검은 날개와 은발. 너무 아름다워 환상의 세계에서 흘러오지 않았나 착각할 정도다.

"이 동맹에는 우리도 참가하겠어. 나는 마왕. 모든 마족을 다스리는 자. 우리는 파나케이아 왕국과 함께 걷겠다."

나의 연인 이브.

그녀야말로 나의 비장의 카드.

성제의 얼굴은 얼음장처럼 굳어버렸다.

마왕과 손을 잡음으로써 힘의 균형은 완전히 뒤집히고 말았다.

마족은 인간 세계 전체를 적으로 돌리고도 몇 백 년이나 계속 싸워온 자들이다.

즉, 인류 전체와 동급. 그곳이 바로 마족 영역이며 마왕군.

그러한 전력과 최강인 내가 손을 잡았다. 이제는 세계 회의 참가국 모드를 웃도는 전력이 확보되었다.

하지만 여기서 놀라선 곤란하다.

이제부터 더 재미있는 장면을 보게 될 테니까.

제 9 화 회복술사는 세계 회의를 지배한다

세계 회의에 이브가 난입했다.

최고의 타이밍이다.

이 일을 예상한 사람은 아무도 없었다.

물론 어느 정도 첩보전이 특기인 나라라면 검은 날개 마족이 내 동료라는 것쯤은 알고 있었을지도 모른다.

그러나 그 사람이 마왕이고, 이 타이밍에 나타나리라는 걸 예상했을 리는 없다.

……그러한 예상이 가능한 사람은 전 세계를 통틀어 둘뿐이다. 엘렌과 브렛.

공포와 혐오와 기이한 시선이 쏠렸지만 이브는 말했다.

"음, 우리의 영토를 인간들은 마족 영역이라고 부르지?"

마족 영역이란 인간이 임의로 붙인 명칭일 뿐이다.

실제로는 마족들도 마족들 나름대로 여러 나라와 도시에 이름을 붙이며 살고 있고, 그러한 지역을 한데 뭉뚱그려 부르는 명칭도 존재한다.

"다시 말할게. 마왕 이브 리스의 이름으로, 파나케이아 왕국과 마족 영역은 동맹을 맺겠어. 파나케이아 왕국의 적은 마족 영역의 적으로 간주하고, 반대로 마족 영역의 적은 파나케이아의 적으로 간주될 거야."

그렇게 선언한 이브는 나에게로 다가와 내 옆에 앉았다.

그리고 장난스러운 표정으로 내 얼굴을 쳐다봤다.

착석하는 행위는 회의에 참가하겠다는 의사 표명이다.

사회를 맡은 성제가 분노로 입술을 바르르 떨었다. 정확히는 분노뿐만이 아니라 불안과 공포도 섞여 있었다.

"헛소리입니다! 마왕이 이 자리에 나타나다니, 있을 수 없는 일이니까요!"

"있을 수 있고 없고 간에, 나는 마왕 맞는데? ……봐. 맞지? 알잖아?"

이브가 자신의 힘을 방출했다.

마왕 후보에서 마왕이 됐을 때, 그 힘과 지혜를 이어받았다.

얼마 전까지만 해도 힘을 감당하지 못해 적절히 사용하지 못했지만, 지금은 겨우 익숙해진 모양이었다.

방출된 마력은 압도적이었고, 무엇보다도 그 성질이 무시무시했다.

힘의 단편을 드러냈을 뿐인데, 어느 정도 마력을 감지할 수 있는 사람은 그 힘을 느끼고 얼어붙어 버렸다.

백 마디 말보다 설득력이 강하다.

이런 괴물은 마왕 이외에 존재하지 않는다.

성제조차도 머리가 아닌 영혼으로 이브가 마왕임을, 또는 그에 필적하는 존재라는 점을 이해했다.

거의 무의식적으로 무릎을 꿇을 것만 같아서, 떨리는 손으로 자신의 허벅지를 때리거나 입술을 깨물거나 분노한 표정으로 자신을 고무하며 간신히 버텨내고 있었다.

"어째서?! 어째서냐?! 더러운 네놈이 신성한 우리나라에, 이 자리에 오다니! 인류의 적이!"

"음~. 그러네. 우리는 인류의 적일지도 몰라. 전쟁 중이기도 하니까. 하지만 우리가 보기에 먼저 시비를 건 진영은 너희야."

"이 청정한 대지는 우리의 신께서 부여해주신 것. 더러운 생명은 사라져야만 합니다. 이건 성전(聖戰)입니다!"

전 세계에서 마족과 적극적으로 전쟁을 펼치는 나라는 전쟁을 하며 지원을 받는다는 명목으로 여러 자원을 빼앗아 간 지오랄 왕국뿐만이 아니었다.

파란교 또한 그 교리를 위해 마족을 모두 쫓아내고 마족 영역을 얻으려 전쟁을 후원했다.

……그렇기에 지오랄 왕국과 파란교는 무척 사이가 좋았던 거지만.

"우와, 그런 소릴 하다니. 좀 불쾌한데? 우리도 살아 있잖아. 하지만 좋아. 너희 같은 인간들은 신경 안 써. 난 케얄가……, 앗, 지금은 케얄이지? 케얄 쪽에 협력하겠어. 우리를 인정하지 않는 인간들이랑 사이좋게 지내고 싶진 않거든. 사이좋게 지낼 수 있는 인간들이랑 친하게 지내면 그만이니까. 하지만 싸움을 걸면 얼마든 받아들일 거야. 그런 존재조차 하지 않는 신에게 멸망당하고 싶진 않으니까."

이브가 따로 계산하고 한 말은 아니겠지만, 가끔 사람의 마음을 아주 정확히 꿰뚫는 소릴 한다.

마지막의 '존재조차 하지 않는 신에게'. 이 말은 성제 입장에서

인내심의 한계를 넘어서는 발언이었다.
“이 자리에서 파나케이아 왕국을 인류의 적이라 선언합니다! 마족에게 영혼을 판 사악한 나라를, 전 세계가 힘을 합쳐 마족째로 정화합시다!!”
성제가 욱해서는 터무니없는 소릴 내뱉었다.
그게 무엇을 의미하는지 정말로 이해하고 한 말일까?
이브가 뭐라고 하려는 걸 제지하고 나는 자리에서 일어섰다.
예정과는 좀 어긋나게 됐지만, 흐름 자체는 예상한 범위를 벗어나지 않았다. 엘렌은 이후의 시나리오까지 다 준비해두었다.
“세계의 적이라고? 제정신인가? 지금은 세계 회의 중이다. 세계 각국의 대표가 보여서 논의하기 위한 장소지. 아무리 사회라고는 하나 독단적으로 결정할 권한은 없다. 이 말을 하긴 두 번째가 아닌가. 조금은 학습할 줄도 알아야지.”
“닥쳐라. 마족은 인류의 적입니다!”
“마족을 인류의 적이라 단정하며 몇 백 년이나 의미 없는 피를 흘려오지 않았나. 그런 모자란 짓을 계속할 셈인가? 난 거절하겠어. 보다시피 마왕하고도 말이 통한다. 우리 파나케이아 왕국과 동맹도 맺었지. 왜 끝낼 수 있는 전쟁을 계속하려고 하나?”
“이건 신의 의지입니다! 더러운 생명은 정화해야만 합니다!”
“그건 세계의 문제가 아닌, 너의 문제일 뿐이잖아? 파란교의 교리는 잘 모르고 흥미도 없어. 파나케이아 왕국은 선언한다. 파란교의 사유물이 된 이 세계 회의는 더는 의미가 없다. 파나케이아 왕국과 그 동맹국은 세계 회의에서 탈퇴하고 진정한 의미의 세계 회의를 설립하겠다. 물론 그 회의에는 마족 영역도 참가한다. 수백 년에 걸친 무의미한 싸움을 끝내고, 서로 손을 맞잡으며 앞으로 나아가기 위해서."

내 말이 끝나자 조금 전에 파나케이아 왕국과 동맹을 맺겠다고 선언한 나라가 박수를 보냈다.

"세계를 적으로 돌릴 셈입니까?"

"이번에 말하면 세 번째야. 파란교는 세계가 아니라고 했을 텐데? 정말 우리한테 이기려 들 셈인가?"

"흐~응. 케얄이랑 내가 있으면 무적이거든. 여기에 있는 모든 나라를 적으로 돌려도 별문제 없어."

세계 회의 회의장 전체에 어마어마한 동요가 확산되었다.

그럴 수밖에. 세계를 멸망시킬 뻔했던 브렛을 능가하는 괴물과 마왕이 손을 잡았으니까.

그리고 자신들 이외의 나라를 적으로 돌리는 일에도 아무런 주저가 없고, 공격해 온다면 멸망시키겠다고 선언했다.

그에 더해 동맹을 맺겠다고 선언한 다섯 나라는 모두 대국. 군사력뿐만 아니라 경제력도.

동맹국과 그 이외의 나라가 전쟁을 벌이면 그 결과는 누가 봐도 명백했다.

그 현실을 굳이 말로 표현해도 되는 걸까.

"진흙 배에 계속 올라타고 있어도 되겠나? 원래는 마족만으로도 인류 전체와 수백 년간 대등하게 싸워왔다. 마족이란, 마왕군이란 그런 존재다. 거기에 나의, 인류 최강의 힘이 더해진다.

그런데도 계속 우리에게 싸움을 걸 셈인가? 그렇게까지 나라가 멸망되는 모습을 보고 싶은가 보군. 그렇지만 귀찮아. 나는 평화롭게 지내고 싶다. 저들과 동맹을 맺었듯이."

가장 먼저 파나케이아 왕국에 찬동했던 다섯 나라의 대사들이 의미심장하게 웃었다.

단숨에 흐름도 힘의 균형도 바뀌었다.

어떻게 해볼 수도 없을 만큼.

……그렇다면 자신의 몸을 지키는 일만큼은 뛰어난 자들이 어떻게 나올까?

"우, 우리도 파나케이아 왕국의 동맹에 가입하겠소."

"우리나라도 가입하겠다."

혼란스러운 와중에 가장 먼저 두 나라가 동맹에 가입하겠다고 표명했다.

사실은 미리 사전 공작을 펼쳐둔 나라는 5개국이 아니라 7개국으로, 그들도 이 회의가 열리기 전에 동맹에 가입하기로 결정했었다.

굳이 이 타이밍에 나선 데는 그에 걸맞은 이유가 있었다.

"린글랜드도 참가하지!"

"그렇다면 타르니아도!"

"셀렌니도!"

두 나라의 참가 표명을 늦춘 이유는 바람잡이를 위해서. 이렇게 하면 세계 회의를 탈퇴하고, 우리 동맹에 참가하기 편한 분위기가 조성된다.

어느 나라든 제일 먼저 배반하는 나라가 되고 싶지는 않은 법이다.

하지만 누군가 한 명이 나서면 그 뒤를 이어 나서는 자의 심리적 저항은 사라진다.

처음부터 우리가 강했다. 그렇다면 눈사태가 벌어지듯이 우리 편으로 넘어오는 거야 뻔한 일이었다.

그리고 참가국이 많아지면 많아질수록 그 흐름은 더 가속한다.

어느덧 파란교와 강한 유대가 있는 나라 이외에는 대부분이 우리 편이 되었다.

그 모습을 보고 성제는 말도 안 된다며 새파랗게 질린 얼굴로 중얼거렸다.

"어쩐다……. 동맹이 늘어나 좋긴 하지만, 이래선 이미 탈퇴하는 의미가 사라져 버렸잖나. 이미 우리가 최대 세력이니까."

나는 어쩌면 좋을까, 하며 어깨를 으쓱 들어 올렸다.

이제는 전력뿐만이 아니라, 나라의 숫자만 봐도 세계 회의 참가국보다 파나케이아 동맹국이 더 많았다.

이제 최종 단계에 들어가볼까.

"파나케이아 왕국이 제안한다. 현시점을 기해 세계 회의의 대표인 성제를 퇴장시키면 어떤가. 조금 전부터 성제는 세계 회의를 사유화하려는 발언이 너무 많더군. 그는 저 자리에 어울리지 않아. 그리고 앞으로는 이 파나케이아 왕 케얄이 대표를 맡겠다."

"그, 그런 제안이 통과될 리가 없지 않나!"

"적당히 해라. 정말로 학습 능력이 모자란가? 마지막으로 한

번만 더 말하겠다. 이곳은 당신의 교회가 아니야. 세계 회의다. 논의가 오가는 자리이니, 신의 말씀보다도 다수결을 우선한다. ……그러면 찬성하는 나라는 손을 들어라."

대부분이 단숨에 손을 들었다.

해보기 전부터 이미 결과는 뻔했다.

"찬성 다수로 가결. 이제부터 세계 회의는 파나케이아 왕 케얄이 대표를 맡겠다. 그렇지, 최초의 의제는……, 인간과 마족의 전쟁 종결에 관해서다. 어느 나라든 이 자리에서 결론을 내기는 어렵겠지. 그러나 몇 가지 이야기를 듣고 각자의 나라로 돌아가 의논하기 바란다. 그리고 3개월 후에 회의에서 결정하겠다."

긴급 개최를 제외하면, 세계 회의는 3개월에 한 번씩 열린다.

큰 문제만 없다면, 그때가 바로 우리가 그린 그림이 완성되어, 진정으로 인간과 마족의 전쟁이 끝을 맞이하는 순간이 된다.

……당연히 그로 인해 수많은 문제가 분출되기야 하겠지만.

마족과의 전쟁을 끝내고 싶지 않은 자들도 다수 존재한다.

전쟁이란 다양한 수요를 창출한다. 군, 용병, 무기, 방어구, 약, 의사, 숙소, 음식 재료 등등.

전쟁이 있기에 이익을 얻는 사람들과 나라가 있는 것 또한 사실이다.

그러나 그러든 말든 상관없다.

내가 이브와 기분 좋게 사랑을 나누기 위해 이런 한심한 전쟁은 끝을 내겠다.

모두 나를 주목하는 시선을 느끼며, 나는 천천히 중앙의 성제가 있던 곳으로 걸어가 성제의 어깨를 두드렸다.

"일반 참가국이 됐잖아. 계속 여기에 있으면 안 되겠지?"

핏발이 선 눈으로 성제가 나를 쳐다봤다.

하지만 그는 이제 아무런 힘도 없다.

그는 노려보기만 하다가 힘없이 자리를 떴다.

그러고 보니 나를 적대시하며 계속 괴롭혔었지?

나뿐만 아니라 세츠나와 구렌이 불쾌한 경험을 하게 만들었다.

인사해줄 필요가 있겠어. 파란교까지 철저하게 뒤흔들어주마.

사회가 된 나는 담담하게 준비된 대본을 읽어 내려갔다.

그러면서 엘렌 쪽을 슬쩍 바라보았다. ……정말로 엘렌은 괴물이다.

배상금을 회피하면서 세계 회의를 손아귀에 넣는 시나리오를 써내려 갔으니까. 엘렌이 같은 편이라 다행이다.

이러한 강력함은 엘렌만의 것이다.

세계를 손에 넣었다. 이제 과거보다도 훨씬 내 뜻대로 행동할 수 있게 되었다.

전쟁이 끝나기 전에 말한, 사과를 재배하며 느긋하게 지내겠다는 목적에서는 점점 멀어졌지만 이건 이거대로 재미있어 보인다.

제 10 화 회복술사는 귀환한다

세계 회의가 끝났다.

회의가 어떻게 흘러갈지 몇 가지의 갈래를 예상했는데, 그중에서도 가장 좋은 결과를 거두는 흐름으로 전개되었다.

"바보 같은 녀석이야."

성제에게 조금 더 이성이 있고 현명했더라면, 이렇게까지 허망하게 권력을 잃지도 않았을 텐데.

내가 사회를 맡은 이후로는 회의가 계속해서 순조롭게 진행되었다.

내가 제안한 마족과 인간의 평화 협정이 순조롭게 진행되리라고 예상해도 좋을 만큼의 감촉은 얻었다.

회의가 끝난 뒤, 우리는 빠르게 그 나라를 떠났다.

그렇게 불쾌한 나라에 오래 있고 싶지 않았다.

흔들리는 마차에서 엘렌이 앞으로의 계획을 설명했다.

"이상입니다. 성제는 분명 명예 회복과 권력의 탈환을 위해 파란교를 국교로 삼고 있는 나라들을 선동할 거예요. 사전에 싹을 자르기는 어렵습니다. 종교는 논리가 아닌 감정이니까요."

"그러든 말든 상관없어. 대의명분은 우리에게 있으니까. 반란을 일으킨다면 짓밟아줘야지. 그리고 문득 생각한 건데, 종교는 참 편리한 장치야. 우리가 종교를 만들면 어떨까? 다행히 여기에 진짜 신이 있잖아."

나는 무릎 위에서 자신의 꼬리를 베개 삼아 여우잠을 자는 구렌을 쓰다듬었다.

이래 봬도 이 녀석은 정말로 흠잡을 데 없는 신수(神獸)다.

"그건 괜찮은걸? 우민들이 구렌을 숭배하는 모습! 그러면 고기를 가득 헌상할 거야! 매일 맛있는 고기……. 슈릅. 도와줄게. 신수의 기적은 장난이 아니거든!"

고기 냄새를 맡고 아기 여우가 일어났다.

고기가 가득 쌓인 모습을 떠올리며 꼬리를 마구 흔들었다.

"신수의 기적이라니, 뭘 하려고? 네가 선보여준 신수다운 힘은 【정화】 외엔 기억에 없는데. 그건 굉장한 힘이긴 해도, 국민이 고맙게 생각할 종류의 힘은 아니야."

"【정화】라고 해서 냄새 지독한 걸 불태우는 힘만 있는 건 아냐. 나쁜 기운이라든가, 병이라든가, 원령이라든가, 전부 다 태워! 구렌이 태워주면 결리던 어깨가 좋아지고, 몸이 가벼워지고, 운수도 좋아져."

특출나지는 않지만 나름 나쁘지 않다.

"그런 힘이 있었다면 우리한테도 써주지 그랬어?"

"주인님이랑 우리 일행한테는 벌써 써주고 있었어!"

의외다.

자기만 생각하는 줄 알았던 구렌이 그런 배려를 하고 있었다니.

"벼, 별로? 주인님을 위해서는 아니야! 고기를 위해서거든? 구렌을 돌봐주지 않으면 구렌이 힘드니까 건강하게 살아줬으면 좋겠어!"

일부러 새침하게 행동하는 듯 보이지만, 틀림없는 진심이겠지.

엘렌과 여자들이 서로 얼굴을 마주 보았다.

"듣고 보니 왠지 그런 것 같기도 해요. 저는 원래 운이 나쁜 편인데 요즘엔 그런 실감이 안 들거든요. 항상 몇 가지 예상을 해 두는데, 웬만해선 긍정적인 예상대로 진행되는 것 같더라고요."

"세츠나도 듣고 보니, 계속 어깨가 가벼웠던 것 같은 기분이 들어."

"저는 실감이 안 나요."

"플레어는 세세하게 잘 따지지 않는 성격이라 그래. 계속 컨디션이 좋다는 생각은 했어."

나도 짚이는 데가 있었다.

분명히 운이 좋다고 실감할 때가 많다.

"그런 힘이 있다면 파란교 정도는 일축해버릴 수 있겠는데? 상대는 가짜지만, 우린 진짜 기적이잖아. 알기 쉽게 더 화려했으면 하는 바람이지만."

"그러네요. 시나리오를 잘 만들어서 준비해두면, 활용할 방법은 무궁무진할 거예요. 그게 아니라도 케얄 오라버니의 엄청난 【회복(힐)】이 있으니 어떻게든 해볼 수 있었겠지만요."

"주인님과 구렌의 힘으로 기적의 대파격 세일이야!"

상상해봤더니 절로 웃음이 나왔다.

우리가 만들어낸 종교는 아무래도 순식간에 확장될 듯했다.

영웅과 신수의 구심력은 만들어진 신을 능가한다.

조금 전에도 말했듯이, 종교란 국민의 마음을 한데 묶고 조종하는 데 매우 편리한 도구로, 세계를 재미있는 방향으로 유도하고 연출할 수 있다.

……어떻게 활용하는가에 따라서는 자국의 국민뿐만 아니라 타국의 국민마저 꼭두각시로 바꿀 수도 있으니까.

"엘렌. 맡겨둬도 될까?"

"네. 시나리오와 준비, 양쪽 모두 맡겨주세요. 우리에게 유리한 사상을 가득 담은 교리도 만들어 두겠어요."

엘렌이 만든다면 무지막지한 교리가 완성되겠지.

표면상으로는 매우 깨끗하고 아름답지만, 그 속을 들여다보면 교묘히 위험한 사상이 포함되어 있다거나. 엘렌의 특기 분야다.

"이제 우리의 나라는 더욱 견고해지겠는데?"

"영웅의 나라라는 사실만으론 조금 약하다고 생각하던 참이었어요. 사람이란 은혜를 쉽게 잊어버리니까요. 자신이 받은 처사나 원한은 생명을 지키기 위해 필수적이라 좀처럼 잊지 못하지만, 은혜는 기억한들 별 도움이 안 되니 금세 잊어버리곤 해요."

여전히 엘렌의 말은 냉정했다.

그러나 틀린 말은 아니다.

인간은 본능적으로 그렇게 행동하는 생물이다.

그렇기에 은혜를 잊지 않는 사람은 더욱 소중하게 생각해야 한다. 본능이 아니라 마음으로 살아가는 인간이기 때문이다.

"우후후후. 구렌도 열심히 도울 테니 대접 잘 부탁해. 매일 고기를 잔뜩 준비해! 고기 목욕탕에 뛰어들겠어!"

"……그러면 냄새가 심해질 듯하니 그만둬."

야생 동물은 피비린내가 나는데, 자칫하면 구렌까지 그런 동물처럼 되고 만다.

"그건 그렇고, 이브는 여기에 와도 정말 괜찮은 거야?"

이 마차에는 이곳으로 올 때의 여정에서 안 보이던 멤버가 한 명 더 있었다.

바로 일약 화제의 중심이 된 마왕 이브 리스.

나의 연인이다.

이브는 마족 영역에서 함께 온 집단과 헤어져 우리와 합류했다.

"앞으로 이틀 정도는 괜찮아. 처음부터 인간과의 교섭에 그 정도는 시간을 들일 예정이었거든. 거기다 성토족(星兎族)인 캐럴과 라피스가 나 없이도 잘 내처하니까. 그 두 사람이라면 문제없이 일을 잘 처리해줄 거야."

"유능하지만 너무 의지해선 안 돼."

"이럴 때 정도는 괜찮잖아? 항상 굉장히 열심히 일하니까."

예전에는 성토족의 족장이었던 캐럴은 옛 마왕과 내통하며 우리를 배신했다.

자신의 딸 라피스가 병에 걸려, 그 병을 억제하는 약을 얻기 위해서.

그런데 내가 라피스를 구해주며 라피스의 병은 옛 마왕 진영이 걸리게 만든 것이란 사실을 알려주자, 옛 마왕의 내통자라는 자신의 상황을 이용해 승리에 공헌했다.

그리고 그 일이 끝난 뒤에는 배신한 죄로 처형당했다.

……표면적으로는.

진실은 달랐다. 캐럴의 대역을 내가 【개량(힐)】으로 만들어내 신분을 변경했다.

그렇게 한 이유는 몇 가지인가를 꼽을 수 있다. 하나, 옛 마왕에게 농락당해 복수심에 불타던 그에게 나도 공감하는 바가 있었다. 둘, 라피스는 나의 귀여운 애첩이다. 그 아이를 기쁘게 해 주고 싶었다. 셋, 매우 우수한 남자라 쓸모가 있었다.

마족 영역에서 실질적으로 정무를 보는 사람은 일찍이 박해받던 종족의 수장들. 정치에 어두운 이브는 장식으로 전락해 그들의 꼭두각시가 될 위험성이 있었다.

각 종족의 족장들은, 나쁜 사람들은 아니지만 언제나 자신의 종족을 가장 첫째로 생각한다.

이브가 속한 흑익족은 숫자가 적어서, 살아남은 자들 중 정치에 뛰어난 사람은 없었다.

그렇기에 권력을 지닌 종족에 속하지 않았으면서도 우수한 사람이 이브의 보좌를 맡을 필요가 있었다.

캐럴은 나의 【개량(힐)】으로 얼굴을 바꾸고 새로운 이름을 얻어, 자신의 우수한 능력을 십분 발휘하고 있다.

또한 꼼꼼하게도 이브의 교사 역할까지 맡아주고 있다.

라피스가 이브의 종이 되어 이브의 멘탈까지 보살펴주는 것 또한 큰 도움이 되고 있다.

그 부녀의 힘이 있었기에, 이브는 얼굴마담이 아니라 진정한 마왕으로서 군림할 수 있게 되었다.

"라피스도 굉장히 오고 싶어 했어. 케얄가한테 반한 사람 중한 명이니까."

"나도 만나고 싶었어. ……아니, 왜 안 왔어? 그 아이는 그냥 종이 아니라 이브의 호위도 겸하고 있을 텐데?"

성토족의 다리 힘, 순발력, 예민한 청각은 전투 중에 매우 강력한 힘을 발휘한다.

심지어 병에서 회복한 라피스는 자신의 천재성을 발휘하기 시작했다. 분명히 마족 영역에서도 열 손가락 안에 들어가는 실력자다.

"라피스는 내 대역도 맡고 있으니까. 변장한 라피스가 생글생글 웃고, 옆에서 캐럴이 적당히 맞춰주면 들키지 않더라고."

"……정말 체격은 비슷해."

특징적인 토끼 귀와 검은 날개는 숨기거나 만든 물건으로 대처가 가능할 수도 있을 듯했다.

"우후후. 나도 문제없이 잘 대처하며 지내고 있으니 걱정 마."

그렇게 하면 이브도 움직이기 쉬워 좋긴 하지만, 반대로 말해 언제든 캐럴과 라피스가 옥좌를 빼앗을 수도 있다는 말인데, 이브는 깨닫고 있을까?

파나케이아 왕국도 남이 어쩌니 하는 말을 할 입장은 아니지만.

무엇보다도 지금의 이브는 압도적으로 강하다. 배신한다 해도 죽일 수도 없을뿐더러, 마왕 권한인 절대 준수 명령이라는 최강의 카드도 보유하고 있다.

싱글싱글 웃으며 우리를 보고 있던 엘렌이 말했다.

"마침 잘됐네요. 평화 조약의 조인에 관해 이브 씨에게 여러 가지로 설명해두고 싶었거든요. 캐럴 씨한테 정치에 관해 많이 알게 됐다는 이야기도 들었으니 적당히 봐주진 않겠어요."

"응. 저어, 힘낼게. 하지만 바로 결정은 안 해. 가지고 가서 캐럴이랑 상의해볼게."

"그런 대답을 하게 된 것만 해도 성장이에요. 자신이 선뜻 대답해선 안 된다는 점을 알게 된 것만 해도 진전이죠. ……캐럴 씨와는 한번 만나 찬찬히 얘기해보고 싶네요. 재미있는 이야기를 많이 할 수 있을지도 몰라요."

엘렌이 칭찬할 정도이니 캐럴도 상당한 인물이다.

그거야 어쨌든.

"잘 왔어, 이브. 또 만나서 기뻐. 그러네. 이쪽은 큰 문제없어 보이니, 이브가 돌아갈 때 나도 마족 영역으로 갈게. 모처럼 네 흑기사가 되는 거라 기대되는걸?"

"응, 환영해!"

"그리고 이제부터 나를 케얄이라고 불러. 그게 내 진짜 이름이니까."

"알았어. 그래도 혹시 잘못 부를 수도 있으니 미리 사과할게!"

"잘못 말할 때마다 야한 벌을 내려주겠어."

내가 그렇게 말한 순간, 이브를 제외한 여자들이 움찔하고 반응했다.

……일부 여자들은 야한 벌을 받기 위해 일부러 잘못 말할지도 모른다.

마차는 달렸다. 지금까지는 모두 내가 원하는 대로 진행되고 있다.

인간 세계도, 마족 세계도, 내 지배권이 확대되어갔다.

이 흐름은 이제 나조차도 막을 수 없다. 그렇다면 이런 식으로 더 좋은 미래를 만들어 가보도록 할까.

제 11 화 회복술사는 개발한다

우리의 나라, 파나케이아 왕국으로 귀환한 뒤 나는 이리저리 움직이기 시작했다.

갈 때와 달리 용기사들이 바래다주어 예정보다 빨리 도착한 덕분이다.

지금껏 그랬듯이 정치 방면은 엘렌에게 맡겼기 때문에 내가 할 일은 별로 없었다.

어제 내 대역과 만나봤는데 완벽하게 완성된 모습이었다.

내가【개량(힐)】으로 겉모습은 조정했지만, 행동하는 모습과 말투 등은 첩보 기관과 엘렌이 지도했다.

이 정도로 철저하게 대역을 만들어놓다니 참 대단하다.

마치 거울을 보는 기분이다.

저 정도라면 웬만큼 나를 잘 아는 사람이 아니고서야 충분히 속일 수 있다.

그런 생각을 침대에 걸터앉아 잠에서 막 일어나 멍한 머리로 하고 있는데, 뒤에서 따뜻하고 부드러운 뭔가가 내 몸에 딱 달라붙었다.

"케얄은 이름을 바꾼 뒤로 사람이 조금 다정해진 것 같아. 어제도 그렇고."

나를 뒤에서 껴안더니 이브가 속삭였다.

알몸인 이유는 어젯밤에 서로 사랑을 나누었기 때문이다.

"이제 강한 척을 안 하고 있을 뿐이야."
본질적인 면에서는 변하지 않았다.
케얄로 돌아왔지만 케얄가로 살았던 시절은 여전히 남아 지금의 나를 형성했다.
그렇지만 케얄가로 살았을 때는 다소 무리를 했는데, 지금은 그러지 않고 있을 뿐이었다.
"아니. 역시 좀 변했어. 나는 지금 모습이 더 좋을지도 몰라. 왠지 안심이 되거든."
"그래?"
연인에게 칭찬을 받으니 기분이 나쁘진 않았다.
거기다가…….
"어제 이브를 안고 알게 된 일인데, 성격만 변한 건 아닌가 봐. 평소보다 더 기분 좋았어. 이 모습이 몸의 궁합도 더 좋은가 봐."
"……케얄도 참. 엉큼하긴."
감각에 불과하지만, 지금 모습이 더 몸에 꼭 맞는 옷 같았다. 이브도 평소보다 더 흐트러진 모습을 보여줬고.
그리고 조금이지만 밤의 활동 측면에서도 취향을 발견했다. 지금까지 나는 주로 상대를 위에서 포개어 안거나, 남성이 중심이 되는 플레이를 더 선호했다. 하지만 이 모습으로 돌아온 뒤에는 깊이 사랑을 나누는 그런 플레이를 선호하게 되었다.
그것도 사람에 따라 선호도가 달라서 이브나 크레하는 지금의 플레이를 더 기뻐했지만, 세츠나나 플레어 등은 마조히스트 기질이 있어 뭔가 부족하다는 듯한 표정을 짓기도 했다.

당연하게도 하려고만 하면 예전처럼도 가능하고, 취향이 바뀌었다고 해서 매번 똑같은 플레이만 해서는 질리니 가끔은 예전처럼 즐겨도 상관은 없다.

“저기, 키스해줘. 어제처럼 부드러운 키스.”

“물론이야. 만족할 때까지 해줄게.”

하지만 이브가 이런 나를 기뻐해준다면, 이브는 앞으로도 이런 방식으로 사랑해주자.

한동안 멀리 떨어져 있었던 만큼, 서로를 몸과 몸으로 함께 느끼고 싶었다.

◇

아침의 정사가 끝난 뒤 성의 지하 공방에서 작업에 돌입했다.

지하 공방은 널찍한 공간이지만, 나와 내 여자 이외에는 출입을 금지했다.

이곳은 내가 마음껏 발명에 몰두하기 위해 만든 곳이다.

복수 여행이 끝나고 깨달은 점이 몇 가지 있었는데, 그중 하나가 물건을 만드는 작업의 즐거움이다.

나는 아무래도 물건을 망가뜨리기보다는 물건을 만드는 일이 더 성격에 맞는 듯했다.

지하에 공방을 만든 데는 나름대로 이유가 있다.

……내 머릿속에는 무수한 영웅들과 현자, 연금술사의 지식과 경험이 있으니만큼 터무니없는 물건을 만들어낼 때도 있기 때

문이다.

개중에는 밖에 내놔서는 안 되는 물건도 있으니, 나에게는 이런 공간이 필요했다.

지금 만들고 있는 물건은 비행기였다.

이전의 세계 대회에는 마차를 타고 가서, 이동 시간만 열흘이 넘게 걸렸다. 사실상 그 시간을 시궁창에 버린 것과 다름없다. 물론 마차 안에서도 그럭저럭 일을 처리하긴 했지만, 효율이 너무 나쁘다.

왕이 된 이상 그런 번거로운 일도 늘어난다. 그렇기에 이동 시간을 줄여주는 비행기의 완성은 급선무였다.

"인간은 참 힘들겠다. 그런 물건이 없으면 하늘도 못 날고."

자신의 자랑스러운 검은 날개를 자랑하듯 펼쳐 보이며 이브가 말했다.

"무슨 소리야. 네 날개로도 기껏해야 몇 분밖에 못 날면서."

흑익족이라고 해서 자유롭게 하늘을 날지는 못한다.

아무리 날개가 있다지만, 사람에게 날개가 돋아났을 뿐인 상태와 다를 바 없어 공기 저항도 크고, 특히 새에 비하면 부피당 무게가 너무나도 많이 나간다.

요컨대, 물리적으로는 원래 날 수 없다.

흑익족이 하늘을 날 수 있는 이유는 날개를 매개로 한 마술을 사용하고 있기 때문이다.

그래서 나는 동안 체력 소모가 크다. 이브는 몇 분 정도면 금방 지쳐버린다.

“참. 언제 적 얘길 하는 걸까? 마왕의 힘에 익숙해진 뒤로는 얼마든지 오래 날 수 있게 됐어. 굉장하지?”

“……아, 그래서 혼자 올 수 있었구나?”

만약 육로로 돌아간다고 하면 굉장히 오랜 시간이 걸린다.

아무리 대역과 캐럴을 놔두고 왔다고는 해도, 그렇게 오래도록 성을 비울 수는 없다.

용기사가 데리러 와주나 싶었는데, 이 모습을 보니 자신의 힘으로 날아서 돌아갈 셈인 듯했다.

“응, 맞아. 굉장히 빠르거든. 여기서도 반나절이면 돌아갈 자신이 있어.”

“진짜 굉장한걸? 여기서라면 용 소재로 만든 비행기를 타고도 이틀은 걸리는데.”

“뭐하면 그 비행기가 완성되기 전에, 내가 공주님 안기로 마족 영역까지 데리고 가줄게.”

이브가 거칠게 콧김을 내뿜었다.

어쩔 수 없다는 듯한 말투지만, 태도를 보는 한 오히려 나를 공주님 안기로 안고 날아가고 싶은 모양이다.

단둘이 하늘을 여행하면 무척 즐거울 것 같다.

하지만…….

“그만둘래. 이브한테 공주님 안기로 안겨서 날아가다니 모양이 안 나잖아. 그리고 이번만의 문제가 아니라, 앞으로 언제든 이브를 만나러 갈 수 있게 준비해두고 싶어. 그러려면 비행기가 필요해. 매번 이브가 데리러 와줄 수는 없는 거잖아?”

"이상한 데에 집착하네."

"남자란 다 그런 법이야."

그렇게 말하며 나는 작업을 시작했다.

이번 비행기는 이전에 만들었던 용 소재 비행기가 베이스였다.

그건 시간이 없어 서둘러 완성시키느라 만듦새가 허술했다.

하지만 몇 번이나 비행하며 데이터도 모인 덕분에, 개량안이 몇 가지나 머릿속에 떠올랐다.

그것을 반영해 새롭게 설계도 마쳤다.

다행이라고 해야 할지, 설계에는 꽤 많은 시간을 들일 수 있었다. 마차로 이동하는 중에는 할 일이 없어 무료했던 덕분이다.

단, 한 가지 염려가 있었다.

지난번에는 가볍고 강한 용 소재를 사용했지만, 이번에는 인간 세계에서 만들 수 있는 재료만을 고집해 설계했다.

양산을 고려했기 때문이다.

그래서 용 소재보다 재료가 무거워, 기체의 중량이 30퍼센트나 늘어나고 말았다.

"미스릴이라는 희귀 금속을 사용해도 아슬아슬해."

처음에는 양산을 위해 고가의 마법 금속 종류는 쓰지 않고 만들려 했는데, 성능이 너무 낮아져서 포기했다.

일단 철을 쓸 경우, 나나 플레어라면 하늘을 날 수 있을 정도의 중량은 나오지만 너무 느리고 반응성이 좋지 않다. 그리고 일반 마술사로는 하늘을 날 수 없는 그 시점에 이미 양산품이라기에는 치명적인 결함이라, 양산품이 아니라면 그냥 용 소재를 쓰는 게 낫다.

다른 방법은 방어력을 버리고 목재를 사용한다면 더 가볍고 값싸게 만들 수는 있지만, 조금만 속도를 올려도 기체도 삐걱거리고 적의 공격에 너무나도 무력하다. 그렇게 약한 하늘을 나는 관에는 타고 싶지도 않고, 나의 소중한 여자들을 태우고 싶지도 않다.

그 결과 미스릴을 사용해서 무지막지하게 값비싼 장난감이 되고 말았다. 이 비행기를 만들 돈이 있으면 용병 100명을 1년간 고용할 수 있다.

하지만 그 가격이라도 본전은 찾을 수 있으니 만들기로 했다. 당연하다. 내 여유 시간이 연간 몇 십 일이나 추가로 생기는데, 그 정도면 용병 100명 이상의 가치가 있으니까.

그리고 전쟁이 벌어지면 용병 100명 이상의 활약을 해줄 게 분명하다.

"아주 복잡한 가공인데도 척척 간단하게 만드는 것처럼 보여."

"연금 마술 덕분이야. 형태만 정확히 떠올릴 수 있으면 그대로 만들 수 있거든. 곡면 만들기도, 안을 공동(空洞)으로 만드는 것도 문제없어. 그러니까 사전에 설계도를 이렇게 꼼꼼하게 만들어둔 거야."

연금 마술이 아무리 편리하다곤 해도 뭐든 만들 수 있는 만능은 아니다.

어디까지나 편리한 가공 마술에 지나지 않는다.

만들고자 하는 물건을 완벽하게 도면에 그려내야 명확한 이미

지도 떠올릴 수 있다.

그리고 연금 마술은 마음만 먹으면 부품과 부품의 이음매를 완벽히 없앨 수 있다는 장점이 있다.

그러면 나사나 용접보다 훨씬 접속부의 강도가 올라가서 편리하다.

"나랑 만날 틈도 없을 만큼 바쁘다고 했으면서, 언제 그런 설계도를 만들었어?"

"마차 안에서. 사실 정치와 관련된 일은 출발 전에 사전 협의가 다 끝난 상태라, 계속 설계에 몰두할 수 있었어. 아무리 나라도 이삼일 만에 설계를 끝낼 순 없으니까."

마차의 극히 적은 장점이라면, 할 일이 없는 여유 시간이 생긴다는 것이었다.

만약 성안에 있었다면 우선순위가 더 높은 다른 일을 하려고 했겠지.

……그런 의미에서 본다면 마차도 나쁘지만은 않다.

"자, 완성됐다."

설계도대로 연금 마술로 소재의 형태를 변환하고, 소재를 이어 붙이기만 하는 작업이라 비행기는 두 시간도 되지 않아 완성되었다.

"용 비행기보다 예뻐. 은색으로 빛나서."

"부품 대부분이 미스릴이니 그렇지. 겉보기뿐만이 아니라 성능도 뛰어나. 가벼움은 용 소재에 비해 뒤떨어지지만, 단단함, 특히 마술에 대한 저항성은 이게 한 수 위야."

"그래~? 재미있겠는걸? 이거랑 나, 둘 중에 누가 더 빠를까?"
"옛날의 이브라면 비행기라고 했겠지만……, 지금의 이브라면 알 수 없겠는걸?"
"좋아. 우리 경주해볼까? 마족 영역까지."
"그럴까? 처음부터 비행기가 완성되면 마족 영역에 갈 생각이었으니까. ……그럼 진 사람이 뭐든지 하나 해 달라는 걸 해주기로 하면 어떨까?"
이번 평화 조약은 마족 영역과도 사전에 얼마간 사전 조율을 했다고는 하지만, 우리보다는 더욱 불확실성이 존재하는 게 사실이다.
그래서 내가 마족 영역으로 가게 되었다.
이브의 보좌를 맡고 있는 캐럴에 따르면, 옛 마족과 깊은 관련이 있는 종족들 사이에서 뭔가 불안한 움직임이 있다고 한다.
"뭐든지?! 정말 괜찮겠어?"
"그럼, 물론이지."
이브가 거칠게 콧김을 내뿜었다.
대체 뭘 부탁하려는 걸까?
그리고 재미있는 점이 있다면, 자신이 질 거라고는 전혀 생각하지 않는 모습이었다.
그야 당연한가.
나는 더 가벼운 용 소재 비행기로도 이틀은 걸린다고 말했다.
그에 반해 이브는 반나절이면 돌아간다고 했다.
평범하게 생각해본다면, 더 무거운 미스릴로 만든 비행기로는 이브에게 이길 수 없다.

……그런데 이브는 중요한 점 하나를 잊고 있다. 이 비행기는 개량형이란 사실이다.

"후후후, 꼭이다? 기대돼! 절대 안 봐주겠어!"

"나도 그럴 셈이야. 출발은 다섯 시간 후에 하자."

"꽤 시간이 걸리는구나?"

"여길 떠나기 전에 맛있는 음식을 먹으려고 준비하고 있었거든. 그리고 2기 정도 더 만들어두고 싶어."

"고마워. 맛있는 음식 너무 기대돼. 그런데 2기나 더 만들어서 어디다 쓰려고?"

"하나는 우리 파티가 쓸 거고, 나머지 하나는 선물이야."

선물을 보낼 곳은 물의 도시의 카스타 왕자.

이번에 그만큼 여러 나라가 아군이 된 데는 그 사람의 힘이 무척 크게 작용했다. 그는 협력하는 조건의 하나로 비행기 수출을 요구했다.

그가 처음 비행기를 봤을 때 유독 흥분했던 모습이 떠올랐다.

비행기의 전략적인 가치도, 상업적인 가치도 올바로 이해하고 있는 거겠지. 완성품을 가지고 싶어 하는 것도 그 때문이다.

이걸 건네주려니 조금 뼈아프기도 하지만, 눈앞의 큰일을 위해서는 어쩔 수 없는 일이었다.

그 사람이라면 철저히 분석해 자국에서 생산해낼 게 틀림없다. 그러면 타국도 그 뒤를 이어 생산을 시작하겠지. 즉, 더는 비행기가 우리나라만의 강점이라고 볼 수 없게 된다. ……어차피 그건 시간문제이긴 하다. 현물이 없어도, 이런 물건이 있다는 걸 세계가 알아버렸다. 그렇다면 제조는 언젠가 다른 나라에서도 시작될 수밖에 없다.

"정말~? 혹시 나한테도 하나 만들어줄 수 있어?"

"만드는 일 자체는 어렵지 않지만, 용기사가 있는 마족 영역에는 필요 없잖아?"

"그것도 그러네."

이브가 고개를 끄덕이자, 동시에 배에서 꼬르륵 소리가 났다.

이제 슬슬 점심시간인가.

"일단 밥부터 먹을까."

"으, 응."

이브가 쑥스럽다는 듯이 얼굴을 붉혔다.

이런 행동도 이브답고 귀여운 모습이었다. 세츠나는 부끄러워하기는커녕, 배의 소리로 자신이 얼마나 배고픈지를 강조한다.

나는 이브의 손을 잡고 맛있는 음식이 준비된 식당으로 갔다.

"이브를 위해 맛있는 음식을 잔뜩 준비했어. 많이 먹어."

"그래~? 기대되는걸?"

……대결의 승률을 올리기 위해 많이 먹여서 몸을 무겁게 해두자. 대결은 이미 시작된 상황이다. 뭐든지 하나 해달라는 권리를 얻고 싶은 건 나도 마찬가지였다.

제 12 화 회복술사는 경쟁한다

출발 준비가 끝났다.

새 비행기가 안뜰에 준비되었다.

그리고 안뜰에는 활주로도 있었다.

지금까지 이룩은 마술로 상승 기류를 만들어 억지로 비행기를 띄우는 방식을 사용했다.

하지만 효율이 좋지 않은 데다 착륙할 때는 어쩔 수 없이 기체에 손상이 가는 문제가 있었다.

그래서 활주로를 만들고 기체 하부에는 타이어를 달았다.

이게 있으면 지상에서 가속하여 부력을 생성할 수 있고, 착륙할 때도 도움이 된다.

이번 설계의 대전제는 누구든 탈 수는 없어도 일류 마법사라면 문제없이 운용할 수 있도록 하는 것……. 다시 말해 양산을 전제로 한 설계였다.

"케얄 님. 새로운 비행기 멋져. 은색이라 반짝반짝해."

"구렌은 이전 비행기가 온기가 있어서 더 좋았어."

이번에 마족 영역으로 가는 사람은 이브 외에는 세츠나와 구렌뿐이었다.

플레이아……. 아니지, 플레어. 그리고 크레하와 엘렌은 이곳에 남는다.

앞으로 마족 영역과 평화 조약을 위해 해야 할 일이 산더미 같은 엘렌은 꼼짝도 할 수 없다.

절대 엘렌을 잃을 수는 없으니, 나를 제외한 최강 전력인 크레하도 놔두고 갈 수밖에 없었다.

또한, 카리스마와 구심력이 있는 플레어도 마찬가지였다.

플레어는 나와 달리 대역을 준비할 수 없다.

겉모습과 말투 등은 내 【개량(힐)】으로 어떻게 해볼 수 있겠지만, 사람들을 도취시키는 연설과 노래만큼은 아무리 노력해도 본인 이외에는 불가능했다.

그러한 능력은 기술이나 논리가 아니라 천부적인 자질로, 타인은 재현할 수 없다.

그래서 플레어는 나라의 안정을 위해 놔두고 가야 했다.

그런 이유로 인해 데리고 갈 수 있는 사람은 세츠나와 구렌뿐이었다.

구렌도 새로운 종교를 창설하기 위해 필요하다고 봤지만, 그건 아직 사전 준비에 시간이 걸린다고 하니 이번 여행에는 동행하기로 했다.

"후후후, 괜찮을까? 세 명이 타면 무거워진 기체로 나한테 이길 수 있을 것 같아?"

비행기 옆에는 이브가 있었다. 이브는 대화하기 쉽도록 공중에 떠올라 나와 시선을 맞췄다.

"뭐, 어떻게든 되겠지. 너야말로 추가 있잖아. ……배 속에."

그리고 그 배는 옷을 입고 있어도 확연히 보일 만큼 불룩 나와 있었다.

살이 쪄서가 아니라 그냥 너무 많이 먹어서.

이브는 내가 하라는 대로 내가 준비한 진수성찬을 잔뜩 먹고 이렇게 되었다.

"그렇게 빤히 쳐다보지 마! 연인이 배를 그런 식으로 바라보면 부끄럽단 말이야!"

"정말 그렇게 생각한다면 조금은 자제했어야지."

"하지만 맛있었으니까……. 요리는 마왕성보다 여기가 훨씬 맛있어."

"여기라기보다는 내 요리지."

원래 이곳은 옛 왕도처럼 유복하고 문화적인 도시가 아니었다. 그것도 모자라 유통망의 재구축도 되어 있지 않아 고급 음식 재료는 잘 모이지도 않았고, 셰프의 실력도 왕도와 비교하면 한두 단계 뒤처졌다.

그러나 지혜와 아이디어에 따라서는 흔한 재료로도 맛있게 만들 수 있다.

그걸 위해 수많은 레시피를 요리사들에게 철저하게 가르쳤다.

"그래서 그리운 맛이 났구나?"

여행 도중에도 입맛을 길들여놔서 그런지, 그런 의견이 튀어나왔다.

"그거야 뭐, 그렇다 치고. 레이스를 해볼까. 무슨 내기를 했는지 잊지는 않았겠지?"

"그건 내가 할 말이야. 꼭 이겨서 원하는 걸 받아내겠어. 조금 과식했다고 해서 핸디캡도 뭐도 아니니까 그렇게 알아."

"그야 그렇겠지."

이브는 조금 전부터 둥실둥실 공중에 떠 있었다.

과거의 이브였다면, 공중에 떠 있는 것만으로도 나름 피로가 쌓이는 특별한 행동이었다.

그런데 지금의 이브에게는 공중에 떠 있는 것쯤이야 당연한 행동이었다.

차원이 다른 생물로 변화한 셈이다. 우리가 걷거나 달리는 그러한 감각으로 하늘을 난다.

"신호는 맡길게."

"그래도 되겠어? 나한테 유리해지는데?"

"몇 초 정도야 손해 봐도 괜찮아. 내가 큰 차이로 이길 테니까."

그거 좋지.

얕본다면 나로서도 불리할 게 없다.

"좋아. 그러면 출발 신호는 이 코인이 지면에 떨어진 순간이야. 간다."

내가 손가락을 코인을 튕겼다.

하늘 위로 떠올랐던 코인이 떨어지기 시작했다.

그 코인은 회전하면서 비행기와 이브 사이로 떨어져, 지면과 부딪치며 금속 소리를 울렸다.

그와 동시에 나는 바람을 일으켰다.

그 바람이 기체를 밀어내자 바퀴가 굴러가며 비행기가 내달리기 시작했다.

이어서 날개에 닿은 바람이 양력을 발생시켰다.

벽이 점점 더 가까워져 갔다.

“주인님, 뭐 하는 거야?! 이대로 가면 부딪쳐!”

“걱정하지 마. 이제 곧 이륙할 거야.”

“이제 곧이라니, 언제?! 이제 정말 위험해! 좋은 생각이 떠올랐어. 벽에 부딪치기 전에 폭발 마술로 벽을 날려버리면 돼.”

“그런 짓을 하면 사흘간 고기는 구경도 못 할 줄 알아.”

새 왕도를 지키기 위한 요소를 무너뜨리면 엘렌한테 혼난다.

“그건 싫어! 그렇지만, 이젠 정말, 부딪치겠어어어어어!”

구렌이 절규했다.

구렌의 말대로 이미 벽은 바로 눈앞까지 다가왔다.

구렌의 여우 꼬리 끝에서 불이 찔끔찔끔 달아오르기 시작한 그 때, 기체가 공중으로 떠올라 이륙했다.

아슬아슬하게 벽을 넘어섰다.

그 이후에는 바람을 생성해 안정적인 비행으로 이행했다.

“너무 아슬아슬해서 심장 건강에 안 좋아! 더 여유롭게 날아줘!”

“이번만큼은 세츠나도 구렌에 동의해. 벽에 살짝 스쳤어.”

“이상하네. 계산상으로는 이것보다 더 여유 있게 떠올랐어야 하는데. ……아, 그런가. 계산할 때는 기체 중량만 감안하고 탑승자의 중량은 포함하지 않았어. 어휴, 큰일 날 뻔했네. 한 명만 더 탔어도 벽에 부딪쳤을지도 몰라.”

나는 농담하듯이 웃으며 말했다.

완성을 너무 서두르다 보니 시야가 좁아졌던 모양이다.

조금 더 활주로를 연장하자.

"이제 고기로 속죄하는 수밖에 없어!"

"……세츠나는 그런 요구는 안 해. 하지만 미안하다고 생각한다면, 평소보다 더 사랑해줘. 그럼 기쁠 거야."

"이번 일은 내 잘못이니 구렌한테는 특별한 고기를 주고, 세츠나는 평소보다 더 사랑해 줄게."

그렇게 말한 순간, 여우 꼬리와 늑대의 꼬리가 마구 흔들렸다.

이미 조금 전의 공포는 확 달아난 듯했다.

"와, 대결하는 도중에 그런 이야기도 하고, 여유가 넘치네?"

어느새 이브가 옆으로 날아왔다.

표정을 보니 비행기와 나란히 나는데도 전혀 힘든 기색이 없었다. 현재 상태로도 웬만한 비룡에 뒤지지 않을 정도의 속도인데.

"여유라고는 할 수 없어. 단지, 이게 바람으로 날아가는 속도의 한계야."

"정말? 그럼 내 승리겠는데? 최선을 다해 날면 나는 더 빠르거든. 후후후. 먼저 마왕성에 가서 기다리고 있을게. 엄청난 부탁을 한번 해볼까?"

그 말을 하자마다 이브는 검은 날개를 크게 퍼덕였다.

그리고 압도적인 가속.

엄청나다.

비룡들 중에서도 바람을 조종하여 가장 빠르게 나는 용, 창람룡(蒼嵐龍)급의 속도다.

그런데도 여전히 여력을 남겨두고 있었다.

지금의 이브라면 저 속도 그대로 마족 영역까지 도착하고도 남는다.

……저 속도는 단지 바람을 사용한 비행만으로는 절대 따라잡을 수 없어.

이브와 우리는 중량의 차이가 너무 많이 난다.

같은 마력을 동력으로 사용하는 사람 사이에서는 중량의 차이가 결정적인 차이를 만든다.

"주인님. 이대로 가면 지겠어!"

"난 져도 별로 상관 안 하지만, 케얄 님이 지는 모습은 보고 싶지 않아."

구렌과 세츠나가 소란스러워지기 시작했고, 나는 쓴웃음을 지었다.

"그건 그래. 나도 질 생각은 없어. 바람을 이용해 날면 지금 속도가 한계라는 소리였을 뿐이야. 바람으로 날면 단순하니 안정적이지. 하지만 속도를 원한다면 더 좋은 방법이 있어. 그리고 이 비행기는 그걸 위한 장치도 마련돼 있어."

용 소재의 비행기와 이번 미스릴로 만든 비행기. 그 외형에는 두 가지 큰 차이가 있었다.

하나는 이착륙용 타이어가 준비되었다는 것.

또 하나는 날개에 장착한 통이다. 이건 속도를 얻기 위한 새로운 장치였다.

나는 바람 마법을 일단 멈췄다.

그리고 새롭게 바람과 불의 혼합 마법을 통 안에다 발동했다.

그러자 비행기가 폭발적으로 가속하기 시작했다.

"우와아, 빨라!"

"응. 이브를 추격할 수 있어."

"이게 새 비행기의 추진 시스템이야."

단순히 바람을 일으키기만 해서는 효율적이지 않다.

신형은 바람 마술로 통 안에 대량의 공기를 끌어들여 바짝 압축한 뒤, 그것을 불꽃 마법으로 연소시켜 초고온, 고압가스를 분출시킴으로써 기존과는 비교할 수 없을 정도의 속도를 낸다.

……이건 용 소재 비행기라면 할 수 없는 일이었다. 강도와 내열성이 부족하기 때문이다.

미스릴이 아니면 초고열을 버틸 수 없다. 아니지. 평범한 미스릴로도 불가능하다. 더욱 내열성을 끌어 올리기 위해 내가 개발한 미스릴 합금이기에 가능한 일이다.

이 장치가 있으면 중량이 증가해도 큰 문제가 되지 않는다.

순식간에 이브를 따라잡은 비행기는 곧장 추월해 앞서 날았다.

"먼저 갈게!"

"아아아아아아아!"

돌아보니 이브가 분한 표정을 지으며 필사적으로 가속하려고 했지만 추격하지 못했다.

"이거라면 낙승이야."

"케얄 님, 굉장해."

"그야 그렇지. 하지만 두 사람 모두 긴장을 늦추지 마. 지금 속도는 기체가 아슬아슬하게 버틸 수 있는 최대 수준이니까. 조금만 힘이 더 가해지면 큰일이 벌어져."

"혹시 몰라 물어보는데. 조금만 힘이 더 가해지면 어떻게 돼?"
"산산이 부서져서 추락해."
"왜 그렇게 아슬아슬하게 만들어?!"
조금이라도 중량을 줄이기 위해서다. 지금 이 중량이 이 나라의 손꼽히는 마술사가 날릴 수 있는 한계에 해당하는 무게였다.
어디까지나 양산을 위한 기체이기 때문이다. 나의 온 힘을 버틸 수 있게 만들면, 엄청난 중량이 되어 나와 플레어 이외에는 비행기를 띄울 수가 없어진다.
"……뭐, 망가지면 그때는 또 그때인 거지."
용 소재와는 달리 미스릴은 연금 마술로 분해해 재구축하면 얼마든지 고칠 수 있다.
자, 정신 바짝 차려야겠다.
완벽히 승리해서 이브를 울상으로 만들어줘야지.

◇

생각보다 바람과 불꽃 마술의 병용은 비행기에 부담이 컸던지, 중간부터는 속도를 늦출 수밖에 없었다.
그로 인해 한 번은 이브에게 역전을 당했지만, 이브도 꽤 무리를 했는지 지쳐서 뒤처지고 말았다.
마지막에는 서로 기진맥진했지만, 내가 간신히 내가 승리하는 맥 빠진 전개가 되고 말았다.
이브가 흥분하지 않고 평소대로 꾸준히 날았다면 내 패배였다.

아직도 비행기에는 개량의 여지가 있어 보였다.

……최악의 경우에는 【약탈(힐)】로 구렌의 마력을 빼앗아서 날 셈이었지만. 그랬다간 나중에 구렌이 나에게 마구 보챌 테니 그건 그거대로 무섭다.

마왕성에 도착해 낯익은 사람들의 환영을 받았다.

인사를 하고 잠시 나누던 잡담도 물이 올랐을 때쯤, 이브가 겨우 숨을 고르고 말을 걸었다.

온몸이 땀투성이였고, 과식을 해서 불룩 나왔던 배도 쏙 들어갔다.

"허억허억. 마왕성까지 이틀이 걸리긴 무슨. 이 거짓말쟁이!"

"신형이라고 했잖아? 나도 이렇게 잘 날 줄은 몰랐어."

"으으으, 왠지 석연치 않아. 어찌 됐든 성안으로 들어가자. 케얄이 사용했던 방은 그대로 놔뒀으니까. 그리고 케얄을 만나고 싶다는 사람이 굉장히 많아."

이브가 억지로 웃으면서 나를 끌고 성안으로 들어가려 했다.

……딱 봐도 어물쩍 넘어가 내기를 없던 일로 하려는 심산이다.

하지만 나는 그런 행동을 허용할 만큼 어수룩하지 않다.

이브의 귓가에 대고 내기에 이긴 내가 뭘 하고 싶은지 전달하자, 이브는 새빨개진 얼굴로 눈물을 글썽이며 돌아보았다.

"케얄, 너무 엉큼해! 변태!"

"부정은 하지 않겠어. 하지만 즐거울 것 같지 않아?"

"나는 그런 짓을 즐겁다고 생각하는 변태가 아냐!"

내가 부탁한 일은 마왕성에서 마왕을 상대로 하는 것이 아니면 즐길 수 없는 일이었다.

평소라면 절대 허락하지 않을 일이었지만, 이건 승자의 권리이니 거부를 받아들일 생각은 없다.

내 노림수대로 눈물을 글썽이던 이브가 너무 귀여워 참을 수 없었다.

“심술궂어.”

“하하하, 그러지 말고 바로 해볼까.”

내 사전에 사양이라는 글자는 없다.

이런 일로 양보를 한다면 그게 오히려 더 실례다.

제 13 화 회복술사는 애첩과 즐긴다

이브와의 레이스에서 승리했다.

그래서 사전에 결정해둔 대로 패자가 승자의 부탁을 뭐든지 하나 들어줘야 하는 권리를 행사했다.

무슨 의뢰를 할지는 벌써 결정했고, 이브에게도 전해뒀다.

먼저 세츠나와 구렌은 예전에 이곳에 머물 때 사용하던 방에 가 있으라고 말해뒀다.

그리고 나는 어쩌고 있는가 하면.

"……정말 여기서 할 셈이구나?"

이브가 새빨개진 얼굴로 눈물을 글썽이며 나를 노려보았다.

그것도 마왕의 정장을 입은 모습으로.

이런 차림이어야 더 흥도 나니, 일부러 옷을 갈아입고 오라고 했다.

"내기에 졌으니 불평하지 마. 그러기로 약속했잖아?"

내가 이브에게 요구한 일은 옥좌에서 사랑을 나누는 것.

사실은 예전에도 하려고 시도했던 적이 있다.

그때는 전희를 끝내고 이제 하려는 찰나에 이브가 싫다며 거절했다.

신성한 마왕의 옥좌에서 그런 짓을 하다니, 불경하고 벌 받을 짓이라고 하면서.

그 이후로 계속 나는 이곳에서 사랑을 나눌 기회를 엿보고 있었다.

"……그렇긴 한데, 그렇긴 한데 말이야! 만약 사람이 들어오면 어쩌려고?!"

"걱정하지 마. 혹시 모르니 문 앞에는 라피스를 대기시켜 뒀으니까."

성토족 라피스. 내 애첩이자 이브의 전속 시녀다.

사람이 오더라도 라피스가 막아주고, 긴급 안건이라면 넌지시 신호를 보내준다.

"준비가 유독 좋지 않아?!"

"계속 하고 싶었거든."

"으으으, 왠지 죄책감이 들어."

"그래서 좋은 거잖아? 그리고 이건 죄책감이라기보다는 배덕감이야."

이브를 옥좌에 앉혔다.

역시 마왕 옷은 좋은걸? 귀여운 이브의 반전 매력이 느껴지고, 이브 내면의 강한 심지와는 멋지게 잘 조화된다.

"앗, 갑자기 옷 안에 손을 넣지 마."

"말은 그러지만 이브도……, 맞지?"

이브의 얼굴이 더욱 빨개졌다.

이브도 기대하는 눈치다.

기왕에 갈아입힌 마왕 옷을 벗겨선 흥이 깨진다. 전부 벗겨지지 않도록, 그러면서도 이브의 소중한 곳은 보이도록 조절하면서 사랑을 나누기는 생각보다 고생일 듯했다.

그렇다 해도 반드시 성공해 보이겠다.
나는 즐기기 위해서라면 어떤 고생도 마다하지 않는다.

◇

마왕님 플레이는 무척 즐거웠다.
마지막에는 기절한 이브의 옷을 정돈해준 뒤, 공주님 안기로 안고 방 밖으로 나갔다.
단 하나 아쉬운 점이 있다면, 마지막에 이브가 말한, '보고 있어, 마왕님이 보고 있어'라는 대사.
역대 마왕님이 보고 있는 기분이 들었던 모양인데, 그래서는 배덕감 플레이를 넘어선 개그다.
내가 웃음을 터뜨려서 서로 기분이 살짝 가라앉았다.
좀처럼 쉽지가 않다.
하지만 전체적으로 보면 충분하고도 남을 만큼 즐거웠다.
라피스가 내 옆에 나란히 섰다.
"케얄가 님의 품에서 안심한 표정을 짓고 계세요. 이렇게 편히 기댈 수 있는 이브 님이 부러워요."
라피스가 나를 케얄가라고 부른 일이 조금 신경 쓰여 나는 걸음을 멈췄다.
"……그러고 보니 너한테는 아직 말을 안 했구나? 지금 나는 겉모습을 바꿨는데, 그건 알겠지?"
"네. 이전보다 귀여운 모습이세요."

"이건 내 각오를 나타내는 거야. 나는 겉모습뿐만 아니라 이름까지 바꿨어. 앞으로는 케얄가가 아니라 케얄로서 살아갈 거야. 마왕령에서도. 그러니까 이제부터는 케얄이라 불러줘."

"알겠습니다. 말씀대로 케얄 님이라고 부르겠습니다. 겉모습이 바뀌더라도 당신은 당신이세요. 지금까지도, 그리고 앞으로도 저의 주인은 당신뿐입니다."

요염한 미소를 지으며 라피스가 나에게 안기듯이 바짝 기댔다.

라피스에게 나는 병을 고쳐준 구세주이자, 아버지와 동포를 구해 준 은인이며 첫사랑 상대로, 첫 경험을 한 남자이기도 했다.

라피스는 나에게 의존했다.

"그런 대사는 마왕 전속 시녀가 해도 되는 말이 아닌데."

"하지만 진심인걸요. 이브 님은 소중한 친구이니 지켜드리고 싶어요. 하지만 저는 그보다도 케얄 님을 위해 이곳에서 일하는 거예요. 그 마음에 거짓은 없답니다."

귀여운 아이다.

만나는 타이밍이 조금만 달랐어도, 애첩이 아니라 내 여자로 삼았을지도 모른다.

"그렇다면 좋아. 하지만 내 앞이 아닌 다른 곳에서 그런 소리는 하지 마."

마왕 전속 시녀가 마왕 이외의 사람을 우선한다면 모반이라 착각할 수도 있다.

"물론이죠. 저는 이래 봬도 굉장히 요령이 좋아서 실수는 하지 않아요. 그리고 내일, 그분이 이야기를 하고 싶으시대요."

그분이란 라피스의 아버지인 캐럴이었다.

다만 원래 처형당했어야 할 캐럴을 내가 구해내【개량(힐)】으로 모습을 바꾸고, 전사한 도깨비족의 이름과 직위를 빌려 이브의 보좌로 삼았다.

캐럴이 없다면 정치 초보인 이브가 마족 영역을 다스리기는 불가능했을 것이다.

그런 캐럴에게는 도깨비족으로 살아갈 때 사용하는 이름도 있지만, 라피스는 그 이름은 부르지 않고 그분이라고 칭한다.

딸로서 아버지를 최대한으로 배려하는 마음이겠지.

"그렇군……. 그자가 그렇게 말한다면 꽤 큰 문제가 벌어진 모양이야."

캐럴은 매우 뛰어난 사람이다.

웬만한 일은 직접 처리가 가능하고, 실제로 그는 그렇게 하고 있다. 내 시간을 빼앗아가며 할 이야기가 있다면, 그에 걸맞은 성가신 문제라는 소리였다.

"그럼 저는 이만."

라피스가 돌아가려고 했다.

멋진 엉덩이에 살집이 매력적인 허벅지, 둥근 토끼 꼬리가 눈에 들어왔다.

라피스의 허벅지는 최고다. 성욕이 일어난다. 허벅지만 따지면 세계 최고다.

그것도 모자라 흥분한 여자 특유의 냄새가 떠돌았다.

이 냄새를 보니 혼자서 자신을 위로했구나. 나와 이브를 재료

삼아서.

"돌아가도 되겠어? 안기고 싶지?"

라피스의 흰 토끼 귀가 쫑긋 곧게 뻗었다.

그리고 돌아보더니 엄청난 기세로 되돌아왔다.

빨간 눈동자가 반짝반짝 빛났다.

"꼭 부탁드려요. ……토끼는 외로우면 죽거든요."

"물론이야. 귀여워해줄게."

나의 그곳도 아직 힘이 넘치니까.

이브가 기절해서 끝냈지만, 나는 아직도 한참 모자랐다.

상대가 이브가 아니었다면 억지로 깨워서라도 계속했을 것이다. 하지만 이브를 소중하게 생각하니 그런 짓은 하지 않는다.

"……케얄 님. 굉장해요. 그토록 격렬한 사랑을 나누셨는데 아직도 이렇게."

라피스의 빨간 눈동자는 내 몸의 한곳을 뚫어지게 쳐다보았다.

"야한 라피스가 이렇게 만들었어. 자, 이브를 방에 데려다주자."

"그다음 제 방으로 안내하겠어요."

"아니, 아예 이브의 방에서 할까. 일단 잠들면 일어나지 않으니까."

"그건……, 무척 흥분되는걸요?"

라피스도 적극적이었다.

자는 연인 앞에서 그 시녀와 사랑을 나눈다.

조금 전과는 다른 배덕감을 맛볼 수 있다.

이런 특수 플레이는 가끔 하면 좋은 기분 전환이 된다.

◇

다음 날은 마왕 직속 기사로서 정장을 입고 마왕성을 걸었다. 통칭, 흑기사다.

일찍이 마왕 직속 기사로서 대숙청을 벌인 적도 있어, 사람들은 나를 두려워하는 눈빛으로 바라보았다.

'……체격이 변해도 주변의 태도는 그대로야. 혹시 갑옷으로 식별하고 있나?'

일부러 이런 복장을 한 이유는 위협과 경고를 위해서였다.

그리고 그 모습 그대로 회의실로 들어갔다.

그곳에는 이브 외에 캐럴과 라피스뿐이었다.

굳이 이 네 명만 모여 대화를 나누는 이유는 그만큼 고약한 안건이기 때문이다.

"오랜만이야, 캐럴. 아니면 다른 이름으로 불러야 더 나을까?"

"아닙니다. 이제 그 이름으로 불러주시는 분은 케얄 님 정도입니다. 기왕에 남들 눈도 없는 곳이니, 당신만큼은 그 이름으로 불러주셨으면 합니다."

캐럴은 나를 곧장 케얄이라고 불렀다. 라피스한테 이야기를 들은 거겠지.

그 라피스가 나에게 윙크를 날렸다. 거의 잠도 안 잤을 텐데 살결이 매끈매끈하고 생기가 넘쳤다.

……역시 성토족. 내가 아는 한 가장 성에 탐욕스러운 종족이

다. 이브와 사랑을 나눈 이후라는 점도 있었지만, 내가 일대일로 관계를 맺는데 여자보다 먼저 녹초가 되다니 보통이 아니다.

"좋아. 여기서는 캐럴이라고 부르지. 서로 이름이 여러 개면 고생을 하는군."

"네, 그렇군요."

같은 고생을 하고 있기에 공감할 수 있는 일이었다.

"그래서? 나에게 하고 싶은 말이 뭐지?"

"네. 그와 관련된 일인데, 우리는 인간과 평화 조약을 맺기 위해 사전 준비를 진행했습니다. 법의 정비, 프로파간다 등이지요. 대체로 원활하게 진행됐지만, 상황이 급변했습니다. 각지에서 반대 운동이 벌어지기 시작하더군요."

"……조짐이 보이다가 갑자기 분출된 게 아니라, 급변했나?"

"급변했습니다. 누군가에게 선동되고 있습니다. 반대 운동을 진압하는 건 간단하지만, 그랬다간 더욱 큰 반감을 품게 되겠지요."

개인이 아니라 시민이란 이름의 무리이기에 문제다.

실력 행사를 하는 상대는 반드시 개인이어야만 한다. 무리를 상대하면, 일부 사람을 밀어낸다 해도 대신할 사람이 곧장 모여 역효과가 나는 경우가 많다.

"해야 할 일은 하나야. 선동하는 자를 찾아 없애야 하지. ……아니, 없애기보다는 우리 편으로 끌어들여야 더 좋겠군. 나의【개량(힐)】이라면 그게 가능해."

"그걸 부탁드릴 생각이었습니다. 처리하거나 협박하는 정도라면 저희 쪽에서 대처가 가능하지만, 세뇌해 우리의 부하로 삼으려면 케얀 님의 힘이 필요합니다."

머리를 빼앗아야 한다. 그게 최선이다.

물론 망가진 머리를 자신들과 분리해 버리려고 할 수도 있다. 하지만 그래도 상대에게는 큰 타격을 줄 수 있다.

"주모자가 어떤 자들인지 파악은 하고 하는 말이겠지?"

"물론입니다. 케얀 님이 남겨주신 인형이 일을 아주 잘하고 있으니까요. 리스트는 여기 있습니다. 이틀을 주시면 그들과 접촉할 수 있도록 조정해 보겠습니다."

"좋아, 부탁한다."

나는 고개를 끄덕였다.

그렇다면 곧장 움직이도록 할까.

이 평화를 망가뜨리는 해충들을 계속해서 치료해 세계에 이익이 되는 선행을.

착한 일을 하면 기분도 좋아진다.

잠시 세상을 바로잡는 여행을 떠나기로 하자.

제 14 화 회복술사는 용서한다

대강 작전 회의를 끝마치고 방으로 돌아갔다.

캐럴이 준비해준 자료를 찬찬히 읽으며 구체적인 작전 행동을 정리해갔다.

나라면 어떤 반란이든 진압할 수 있지만, 이렇게 숫자가 많아선 정확하게 우선순위를 정할 필요가 있었다.

"칫. 배신자는 바깥뿐만 아니라 내부에도 있었나. 또 이브가 울겠군."

주민들을 이끌며 반란을 일으키는 자들은 그 대부분이 옛 마왕군의 수하들이었다. 이번 일을 계기로 권력을 되찾으려는 심산이었다.

그건 별로 놀라운 일이 아니다. 평화 조약을 추천하면 마족들의 반발은 필연적인 일이고, 그렇게 알기 쉬운 기회를 놈들이 놓칠 리가 없다.

문제는 그들에게 협력하는 자들이 이 성안에도 있다는 것이다.

그렇지 않고서야 이토록 정확하게 우리의 뒤를 캐내 각지에서 반란을 성공시킬 수 있을 리가 없다. 그뿐만 아니라 데이터를 보면 물자와 자금까지 제공하고 있다.

……슬픈 일이다.

일찍이 마왕에게 박해받아 자유를 얻기 위해 하나가 됐던 열종족.

그때는 틀림없는 전우였고 마음을 하나로 모아 싸웠다.
그런데 이렇듯 완벽히 뿔뿔이 흩어지다니.
"한 번은 철저하게 청소했는데."
나는 예전에 열 종족 중에 가장 큰 죄를 범한 설표족의 족장을 비롯한 여러 명을 본보기를 위해 잔혹한 방법으로 처형하고, 종족 모두를 추방했다.
그 효과가 있어 얌전해졌는데, 또 이런다.
이번에 배신자들을 처형하기는 크게 어렵지 않다. 배신자가 누구인지는 알고 있기 때문이다.
하지만 이렇게 생각해볼 수도 있다.
이번 배신자들을 숙청해도 또 다른 배신자가 나타나는 것이 아닐까?
끝이 없다. 그러다 보면 언젠가는 모두 다 죽여야 한다.
이브는 감정적인 면에서 나와 같은 불안을 느끼고 있고, 캐럴은 우수한 두뇌를 지닌 만큼 그 사실도 짐작하고 있다.
어떻게든 할 필요가 있다.
"잠시 한숨 돌릴까. ……응? 손님인가?"
노크 소리가 들렸다.
내 여자들이라면 노크 소리만 듣고도 누구인지 알 텐데, 처음 듣는 소리다.
그러든 말든 상관없나.
상대가 누구든 내가 살해당할 가능성은 없다.
"들어와라."

방에 들어온 사람을 보고 나는 깜짝 놀랐다. 그는 철저족의 새로운 족장이었다.

예전에 가장 먼저 나와 이브를 신뢰해주고, 힘을 빌려주었던 종족이 철저족이었다.

그리고 찾아온 손님은 마왕과 싸우다가 브렛에게 살해당한 족장의 아들이었다. 이름은 파르보라고 한다.

그런 경위가 있어 이브는 이자를 중용했고 신뢰했다.

내가 이토록 우울한 이유는 하필이면 이자가 배신을 했기 때문이었다.

캐럴은 일부러 이브에게는 그 말을 하지 않았다. 이브가 깊은 상처를 받을까 봐 우려해서다.

"밤늦게 죄송합니다."

"괜찮아. 편히 앉아라. 이렇게 단둘이 이야기하기는 처음이지? 파르보는 그 녀석이랑 많이 닮았어."

파르보의 얼굴에는 친구의 면모가 남아 있었다.

그립기도 했고, 이제 처형을 해야 한다니 마음이 아프기도 했다.

"자주 그런 소릴 듣습니다."

"그래서, 무슨 볼일이지? 수행원도 없이 나를 만나러 왔잖아. 평범한 이야기는 아닐 텐데?"

"단도직입적으로 말하겠습니다. ……마왕 직속 기사 케얄 님. 부디 저를 살려주십시오."

그 자리에서 파르보는 무릎을 꿇고 몸을 숙였다.

나는 그를 내려다보면서 말했다.

"호오, 목숨을 구걸하는 건가. 배신할 대로 배신해놓고 뻔뻔하기는."

"역시 케얄 님이십니다. 눈치채고 계셨습니까. 말씀대로 저희는 마왕 이브 님을 배신했습니다. 그러나……, 배신한 데는 이유가 있습니다."

그런 말을 하며 그가 종이 뭉치를 건네주었다.

나는 대략 훑어보았다.

그곳에는 이번 반란 소동 중에 철저족이 관련된 사건 모두가 적혀 있었다. 그래, 모든 사건이. 상대측의 주모자를 포함해서.

공개되면 철저족이 예전에 잔혹하게 처형된 설표족의 전철을 밟게 된다.

캐럴이 조사한 자료와도 일치하니 진짜겠지.

"결백하게 자백하였으니, 그 이유가 뭔지는 들어주마."

"네. 실은 반란을 계획한 마족들이 우리 철저족의 마을을 점령하고 마을을 인질로 잡고 있어, 배신할 수밖에 없었습니다."

"호오. 강하고 다부진 철저족의 마을을 점거했다고? 믿기 어려운데?"

"아주 강력한 군대입니다. 적룡인족으로, 옛 마왕군 중에서도 최강이라 일컬어지는 종족입니다. 용을 거느리고 다니며, 자신들도 강대한 용으로 변신할 수 있지요. 땅에서 벗어나지 못하는 우리는 꼼짝없이 당했습니다."

호오, 적룡인족인가.

자취를 감췄었는데 그곳에 있었나.

사실 나는 전세를 포함해 실물을 본 적이 없다. 앞선 생애에서는 이브가 전멸시킨 녀석들이니까.
지금의 마왕군에도 용기사가 있긴 하지만, 그들은 단지 기수에 지나지 않는다.
사람의 형태를 한 용인 적룡인족에 비하면 몇 수 뒤떨어진다.
"그런데 왜 그걸 지금까지 숨기면서 계속 따라온 거지? 왜 지금에 와서 그런 이야기를 하나?"
"말해봐야 소용없기 때문입니다. 군을 동원하면 즉시 마을 사람을 전멸시키겠다고 말하니 군은 의지할 수 없었습니다. 그렇다면 잠입 공작이 뛰어나며 압도적으로 강한 개인이 필요합니다. 마왕성에도 강한 자는 많지만 적룡인족의 정예에 이길 수 있을 만한 자는 떠오르지가 않았습니다. ……그래서 우리는 우리의 종족을 위해 그들을 따르는 길을 선택했습니다."
"그렇군. 그리고 내가 돌아와 날 의지하는 건가. 나라면 구할 수 있다고 생각하는 듯한데, 너무 뻔뻔스러운 이야기라 생각하지 않나? 배신해놓고 구해달라니, 어떤 사정이 있었든 간에 죄는 죄다."
그래, 일을 저질렀다는 사실은 지워지지 않는다.
실제로 이브에게도 피해가 갔다.
내가 해야 하는 일은 철저족을 구하는 게 아니라 그들을 처벌하는 것이다.
적룡인족의 제거는 그다음에 할 일이다. 반란군 최강 전사라면 그들을 제거하는 데 주저할 필요가 없다.

"말씀대로 뻔뻔한 이야기입니다. ……보통이라면 용서받지 못하겠지요. 그러나 이번 일만큼은 케얄 님의 속죄라 생각해 주십시오."

"속죄라고? 진의가 무엇인지 얘기해봐라."

상상은 되지만 이자의 입으로 직접 듣고 싶었다.

"선대 족장이신 아버지는 당신을 따라 마왕성에서 싸우다가 돌아가셨습니다. 만약 당신이 더욱 정확한 지시를 내렸다면, 아버지는 죽음을 면할 수도 있지 않았을까요? 목숨을 걸고 당신에게 충성하며 당신의 지시를 따르다 돌아가신 아버지의 속죄로, 철저족의 죄를 용서하시고 마을을 구해주실 수는 없을지요?"

내 지시 탓에 죽었다라.

맞는 말이긴 하다.

만약 내가 브렛의 존재를 눈치챘다면, 그는 죽지 않았을 수도 있었겠지.

"그래, 일리는 있군. 그런데 말이야, 그건 전쟁 중에 죽은 녀석의 명예에 흠집을 내는 일이 아닐까? 전사란 자신의 실력에 목숨을 맡기는 법. 그 책임을 남에게 떠맡기다니, 아버지를 모욕하는 일이 아닌가?"

"그 이상으로 저는 우리 종족을 지키고 싶었습니다."

호오, 말 한번 잘했다.

이 말이 정말인지 아닌지 한번 시험해보마.

"좋아. 내가 철저족의 마을을 구해주는 것도 고려해보도록 하지. 네 아버지에게 진 빚을 갚을 좋은 기회이지 않은가. 더구나

너희 마을이 점거된 일은 이브의 실수이기도 하니까."

마왕성의 성하(城下) 마을에 열 종족의 주민들을 불러왔다고는 해도, 그 대부분의 주민들은 자신들의 나라에 살고 있다.

그게 약점이 될 줄 알면서도 지키지 못했으니, 그만큼 마왕의 지배가 구석구석 미치지 못했다는 증거다.

마왕이 얕보이고 있다고 바꿔 말할 수도 있다.

어떻게 보면 철저족은 피해자였다.

"정말입니까?!"

"두 가지 조건이 있다. 하나. 앞으로는 이런 일이 있으면 반드시 이브에게 얘기해라. 만약 이번 일을 이브에게 알렸으면 나름대로 어떻게든 해줬을 테고, 설령 그러지 못한다 해도 더 빠르게 나를 의지했겠지. ……이브는 열 종족을 가족이라고 생각한다. 가족을 위해서라면 이브는 목숨을 걸고 움직이지. 그만큼 다들 제멋대로 굴며 계속 배신했는데도."

예전에 처형을 집행했을 때도 이브는 무척 가슴 아파하며 혼자 있을 때마다 울곤 했다.

지금 마왕성 안에서 지금도 열 종족이 하나로 뭉쳐 있다고 믿는 사람은 이브뿐이리라 생각한다.

그런 이브의 마음이 계속 짓밟히고 있으니 너무나도 슬펐다.

"네, 약속하겠습니다."

"그리고 또 하나. 철저족의 죄는 용서하마. 하지만 누군가가 책임을 질 필요는 있어. 너는 처형하겠다. 이 두 가지 조건을 받아들인다면 구해주마. 어떤가?"

자아, 파르보는 어떤 대답을 할까?

파르보의 말이 사실이라면, 자신은 목숨을 잃어도 좋으니 마을을 구해달라고 하겠지. 그게 마을을 구해주는 조건이다.

대답에 따라서 나는 요괴나 악마도 될 수 있다.

“두 가지 모두 받아들이겠습니다. 저는 죽어도 좋습니다. 부디 마을을 구해주십시오!”

나는 작게 웃었다.

합격이다.

이자는 마을을 위해 이브의 마음을 짓밟았다. 마을이 무엇보다 중요하기 때문이다.

그러나 그 마을보다도 자신의 목숨이 소중하다고 말했다면, 나는 결코 이자를 용서하지 않을 생각이었다.

겨우 그 정도를 위해서 이브의 마음을 짓밟다니, 그걸 용서할 수 있을 리가 없다.

“마음이 바뀌었다. 네 처형도 그만두마. 철저족은 약속한 대로 구하지. 너는 아직 철저족에게 필요한 인재야. 하지만 착각하지 마라. 이번에는 네 아버지를 봐서 용서하지만, 두 번은 용서하지 않아.”

“감사합니다!”

“인사를 하려거든 나를 도왔던 네 아버지와 아직도 너를 가족이라고 계속 말해주는, 너무 너그러워 문제인 마왕님에게 해라. 이브가 없었다면……, 벌써 널 죽이고도 남았을 테니까.”

“네, 알겠습니다. 죄, 죄송합니다.”

무심코 살기를 내뿜고 말았다.

의외로 나도 성격이 급한가 보다.

"내일 출발하마. 네가 가지고 있는 마을, 그리고 적룡인족에 관한 정보를 오늘 밤 중에 모두 정리해서 가져와라."

……자, 이번 일로 반란을 막기 위한 첫 번째 목표가 결정되었다.

적룡인족이 지배하는 철저족의 마을이다.

이브가 그들을 가족이라고 생각하는 이상, 나에게도 가족이나 마찬가지다.

그 가족이 이런 짓을 당했다면 당연히 복수 대상이다. 철저하게 응징해주마.

또 적룡인족은 외모가 아름다운 종족으로 유명했다.

강하고 아름답다. 전부 없애버리긴 너무 아깝다. 추가로 용을 거느릴 줄 안다면 여러모로 편리하니 유용하게 활용하고 싶다.

그래, 남자야 어쨌든 여자는 재이용하도록 할까. 나의 새로운 장난감으로.

요즘에는 완연히 억지로 덮치는 일이 줄어들었다.

나는 신사라서 복수라는 이유도 없이 억지로 남을 덮치진 않으니까.

서로 사랑을 나누는 건 기분 좋지만, 억지로 덮치는 것 또한 매우 흥분된다.

오랜만에 마음껏 즐길 수 있을 듯하군.

제 15 화 회복술사는 반려동물과 여행을 떠난다

다음 날 아침, 나는 선언한 대로 여행에 나섰다.

한 사람과 한 마리의 여행이다.

세츠나도 데리고 가고 싶었지만, 이번에는 어떤 종족으로 변장해 철저족 마을로 몰래 들어갈 예정이라 놔두고 왔다.

나는 【개량(힐)】으로 모습을 바꿀 수 있고, 구렌은 반려동물인 여우 연기를 하면 그만이다.

세츠나도 【개량(힐)】으로 모습을 바꿀 수 있지만, 세츠나의 전투 스타일은 빙랑족의 신체적인 특징에 강하게 의존하기에 다른 모습으로 변해서는 제대로 싸울 수 없다.

2류, 3류 수준의 적이라면 그래도 상대할 만할지 모르지만, 적룡인족이 상대여선 불리하다.

그들은 최강종의 하나로, 인간의 형태를 한 용이었다.

그래서 세츠나는 이브의 호위를 맡기로 했다.

진심으로 분한 모습이었지만, 어쩔 수 없다고 받아들여 주기는 했다.

"주인님이랑 단둘이 떠나는 여행이야! 구렌이 독점하게 됐어!"

소녀 모습의 구렌이 기뻐하며 내 앞을 걸어갔다.

얼마 전까지는 편하다며 여우 형태만을 선택했는데, 요즘에는 소녀 형태로 지낼 때가 많다.

나는 어떤 모습의 구렌이든 다 좋아하지만, 내가 여우 귀 소녀를 더 좋아한다고 깨달았기 때문이겠지.

"그러네. 둘이서만 여행하긴 처음인가?"

"처음이야!"

그런가. 그렇다면 둘만 있지 않으면 못 하는 일을 할까.

우리는 지금 달려서 목적지인 철저족 마을을 향해 가는 중이다.

말을 타기보다는 직접 달려야 더 빠르다.

"왜 비행기를 타고 더 가까이 안 갔어?"

"놈들은 용을 거느리고 다니니까. 마을을 점거하고 있다면 감시하는 용을 사용하고 있겠지. 비행기를 타면 보자마자 공격해 격추당할 위험이 커."

강력한 용의 무리를 상대로 공중선을 벌이는 건 자살행위다.

추측에 불과하지만, 단순히 직선으로 나는 속도라면 뒤지지 않으리라 본다.

하지만 폭발적인 가속에 버틸 수 있도록 강도를 올린 탓에, 이번에는 세밀한 조종이 힘들어졌다.

용족처럼 자유자재로 선회하는 비행은 할 수 없다. 속도에서 이긴다 해도 기동성에서 뒤처진다.

단순한 셈법으로 봐도 상대의 숫자가 더 많기도 하다.

"그럼 어쩔 수 없지. 그 대신 오늘 저녁은 고기를 희망해."

"그건 어떻게든 될 거야."

이 주변은 자연이 우거진 곳이다.

사냥감 정도는 얼마든지 잡을 수 있겠지.

◇

척척 야영 준비를 했다.

용의 영역은 매우 넓어서 조심스럽게 거리를 두고 접근하고 있으니 하루 만에 바로 도착할 수 없다. 오늘은 여기서 밤을 지내고, 도착은 내일 점심쯤이 될 예정이다.

최근 알아챈 일인데, 지금의 나는 굳이 텐트가 필요 없다.

흙 마술을 사용하면 순식간에 살기 편한 즉석 오두막을 만들 수 있기 때문이다.

그리고 구렌은 지금 어떤 일에 열중하는 중이었다.

"슈르릅, 맛있어 보여."

야생 염소를 발견해서, 오늘 저녁은 그걸 사냥해 먹기로 결정했다.

비교적 작은 염소여서 통구이를 하는 중이다.

구렌은 정성을 들인 고급스러운 요리보다도, 투박하고 임팩트 있는 요리를 내줘야 더 기뻐하기 때문이다.

그렇지만 그냥 직화로 굽기만 하는 건 아니었다.

가죽을 벗기고 내장을 빼낸 뒤, 칼집을 넣어 숲에서 채집한 백합과 식물의 뿌리를 넣고 소금을 빈틈없이 발랐다.

조금 전에 오두막을 만들었듯이, 흙 마술로 가마를 만들어 직화를 쬐지 않고 복사열로 천천히 시간을 들여 익혔다.

직화 구이로 통구이를 만들려고 하면 안까지 익기 전에 겉이 타버리고 육즙이 다 빠져 퍼석퍼석해진다.

하지만 복사열을 사용하면 육즙이 고기 안에 갇혀, 촉촉하고 부드럽게 완성된다.

염소 한 마리가 통째로 들어가는 가마를 단지 이것만을 위해 만들다니, 최고의 사치 아닐까?

“냄새 너무 좋아. 이제 먹을 만해 보여!”

“조금만 더 참아. 어디 보자, 그래. 지금 넣어둔 장작이 다 탈 때까지.”

“앞으로 몇 초나 더 걸려?”

“시간이라면, 한 시간 정도.”

구렌이 마치 세상의 종말이 온 것 같은 표정을 지었다.

“그렇게는 못 기다려!”

“기다리는 만큼 맛있는 고기를 먹을 수 있어.”

가마를 사용한 통구이는 설비가 있고 시간을 들일 수 있다면 누구나 맛있게 만들 수 있다.

단, 조금이라도 서두르면 제대로 완성되지 않은 처참한 요리가 되고 만다.

“으으으, 참자, 참아야 해.”

구렌이 심하게 갈등했다.

어쩔 수 없네. 잠시 허기를 달래게 해줄까.

나는 조금 전에 빼낸 내장, 그중에서도 심장, 다시 말해 염통을 꺼냈다.

염통은 신선할수록 더 맛있다.

조금 전에 막 사냥한 참이니 당연히 지금이 제일 맛있을 때다.

염통을 얇게 잘라서 가지고 다니던 조미료를 뿌리고 가볍게 볶았다. 고기와는 달리 이건 표면만 살짝 익혀야 더 맛있다.

그걸 접시에 담고 술을 꺼냈다.

"고기가 다 익을 때까지 이걸 먹을까?"

"주인님은 최고야!"

여우가 나에게 달려왔다.

입에는 군침을 흘리고 있었고, 배에서는 소리가 들렸다.

정말 이 아이는 못 말린다.

◇

가마를 바라보며 염통볶음을 먹었다.

오독오독한 식감에 무척 달았다. 살코기에서는 맛볼 수 없는 맛이었다.

그리고 힘이 솟구친다.

역시 신선한 염통은 좋다. 이것만큼은 직접 사냥하지 않아선 입수할 수 없다.

아주 오랜 옛날, 사냥꾼들은 더 뛰어난 활약을 한 사람만이 심장을 먹을 수 있었다고 한다.

그만큼 심장은 맛있는 부위다.

"맛있어! 달콤한 피 맛이 나!"

"그러네. 나도 이런 음식이 좋아."

그런데 이대로 가면 염통만으로 배를 채우게 된다.

적당히 먹기로 하자.

술을 입에 머금었다.

가져온 술이 씁쌀하고 독한 증류수라 그런지, 달고 경쾌한 염통은 술과 함께 먹기엔 좀 약했다.

염통도 맛있지만 역시 오늘의 메인 요리는 통구이다.

구렌과 둘이서 전채를 즐기다 보니 드디어 장작이 다 불탔다.

"이제야 먹을 수 있겠어!"

"잘라서 담을까."

쓴웃음을 짓고 가마를 부수어 고기를 꺼내니, 구렌의 입에서 군침이 줄줄 흘렀다.

고기를 대충 잘라서 나눠 담았다.

제일 맛있는 뒷다리를 하나씩 나와 구렌에게 나눠 담고, 뒤이어 배 부근의 기름이 오른 고기를 나눠 담았다.

신기하게도 앞다리보다 뒷다리가 더 맛있다.

역시 염소의 다리 하나를 통째로 먹으려니 양이 정말 푸짐하다.

그 다리의 허벅지 살을 기세 좋게 덥석 물었다.

"끝내주는 맛인데?"

"와일드 감성이야! 야생의 본능이 눈을 뜨려 해!"

고급 고기에 비하면 지방도 적은 편이고 살이 딱딱하다.

그렇지만 고기다운 강렬한 느낌이 전해졌다.

그리고 천천히 약불에서 익힌 덕분에 육즙이 뿜어져 나왔다.

강렬하게 본능에 호소하는 맛이다.

무엇보다 술과 잘 어울렸다.

구렌을 보니 여우면서 다람쥐처럼 입이 터질 것처럼 뺨이 빵빵해질 때까지 고기를 입에 넣고 있었고, 입 주변은 기름으로 흥건했다.

이런 모습까지 귀엽다니, 이게 미소녀의 힘인가.

"더 가져와서 더 먹을래!"

놀랍게도 순식간에 뒷다리를 다 먹은 구렌이 앞다리를 잘라서 돌아왔다.

……어? 먹을 수 있는 부위만으로도 2킬로그램은 될 텐데.

나는 이 뒷다리 하나만으로도 이미 한계라고 할지, 절반도 다 못 먹을 듯하다.

엄청난 식욕이다. 대체 저 작은 몸에 이 많은 음식이 어떻게 들어가는 건지 참.

"맛있어! 여우 대만족이야!"

일단 마음껏 먹게 놔두자.

오늘은 나와 단둘뿐이다. 전혀 사양할 필요가 없다.

◇

결국 구렌은 그 뒤로도 앞다리를 다 먹고, 접시에 담아둔 배 주변의 고기까지 우걱우걱 먹어버리고야 말았다.

구렌이 말하길, 뒷다리>뱃살>앞다리 순으로 맛있다고 한다.

놀랍게도 뱃살까지 다 먹으니 그제야 한계가 온 듯했다.

소녀 모습 그대로 내 무릎 위에서 잠을 자고 있다.

"이제야 편해졌어."

"……터질 듯이 빵빵해진 배가 15분 만에 원래대로 돌아가다니, 대체 몸이 어떤 구조야?"

역시 신비한 생물이다.

너구리처럼 부풀었던 배도 지금은 완전히 원래대로였다.

배설도 안 하니, 전부 에너지로 변환하는 건가?

덧붙여 구렌은 화장실을 가지 않는다. 그럴 필요가 없다는 듯하다.

"너 말이야, 왠지 예전보다 커진 것 같은데?"

"응? 그런가? 모르겠어. 앗, 신수 파워는 점점 강해지고 있어. 그런 기분이 들어."

구렌이 알에서 막 부화했을 때는 12~13살 정도로, 세츠나와 비슷하거나 그보다 조금 더 어린 정도였다.

그게 어느새 14살쯤으로 변하더니 지금은 그보다도 더욱 성장했다.

왠지 모르게 야해졌다.

분명 갑자기 확 커진 게 아니라 매일 조금씩 성장해서 뒤늦게 눈치채게 된 거겠지.

시험 삼아 가슴을 움켜쥐어봤다.

"응. 틀림없이 커졌어."

예전에는 손에 쏙 들어오는 크기였는데, 지금은 약간 손 밖으로 삐져나온다.

그리고 성장기 가슴 특유의 단단한 심이 조금 부드러워졌다.

"앗, 간지러워."

"그냥 간지럽기만 해?"

"아니야."

구렌이 벌떡 일어나 나를 밀어서 쓰러뜨렸다.

송곳니를 드러내며 육식 동물의 눈동자를 나를 내려다보았다.

구렌의 상의가 벌어져 흰 살결이 드러났다.

"배가 부르니 왠지 가슴이 갑갑해. 오늘은 주인님을 독점하게 됐으니, 잔뜩, 잔뜩 기분 좋은 일을 할래."

아무래도 구렌은 평소와는 반대로 나를 덮칠 생각인 듯하다.

구렌이 먼저 내 입술을 빼앗았다.

그리고 히죽 웃더니 목덜미를 가볍게 깨물었다.

내가 주도권을 쥐는 것도 아니고 나를 위해 봉사하는 것도 아닌, 나를 사용해 쾌락을 채우려고 하는 상대를 보긴 오랜만이다.

재미있겠는데?

그런 방향으로 어울려주마.

◇

다음 날 아침, 눈을 떠 보니 구렌이 내 옆에서 알몸 그대로 잠들어 있었다.

처음에는 구렌이 자기가 원하는 대로 한참 동안 나를 즐겼다.

하지만 너무 기세를 올리기에, 도중에 내가 주도권을 빼앗아 철저하게 귀여워해줬다.

이른바 반전 공세.

재미있었다. 거만하게 나를 공략해 오는 구렌이, 입장이 반전되자 순식간에 약한 모습을 보이고, 마지막에는 이제 한계라며 애원하는 그 모습에는 흥분을 감출 수 없었다.

나는 그런 구렌을 흔들어 깨웠다.

"주인님은 심술쟁이야!"

"음, 그렇긴 하네."

나는 심술쟁이다.

그 사실 자체는 부정하지 않는다.

"이제 출발할까. 아침은 어제 먹다 남은 음식이면 되겠지?"

"그거 맛있었으니 찬성이야."

그리고 어제 한참 괴롭혔던 일도, 음식 화제로 넘어가면 금방 그쪽에 흥미를 보이며 잊어버린다.

구렌도 알몸인 채 밖으로 나와 고기를 마구 먹었다.

그런 모습조차도 예쁘다.

미소녀와 야성적인 행위의 조합이 은근히 야하게 보였다.

나도 구렌에 맞춰 알몸으로 고기를 마구 먹었다.

굉장한 해방감이 밀려왔다.

마치 야생으로 돌아간 듯하다.

흠. 기왕 단둘만 있으니 출발 전에 한 번 더 하고 갈까.

아기 여우를 확 잡아먹어 버리자.

지금 나는 야생의 짐승이니까.

◇

출발 전에 나는 적룡인족과 친교가 있는 어느 종족으로 변신했고, 구렌은 여우 모습으로 변신했다.

드디어 철저족 마을에 도착했다.

정보대로 그곳은 적룡인족의 지배를 받고 있었다.

적룡인족이 거침없이 걸어 다녔고 하늘에는 용이 날았다.

나는 슬쩍 웃었다.

놈들은 내 가족에게 손을 댔다.

자신을 최강이라고 생각하는 멍청한 도마뱀들에게 지옥이 뭔지 가르쳐줘볼까.

제 16 화 회복술사는 변장한다

철저족 마을은 이제 코앞이다.

한발 앞서 나 혼자 마을을 은밀히 살피는 중이다.

상공에서는 붉은 비룡이 거리낌 없이 하늘을 이리저리 날았고, 철저족들은 목줄이 달린 모습으로 노예처럼 일하고 있었다.

"슈릅, 비룡. 맛있어 보여. 용고기 먹고 싶어."

"저것도 맛있기야 맛있지만, 평범한 소고기가 더 맛있지 않아?"

"맛은 그래! 하지만 에너지가 가득 담겨 있어 촉촉해. 신수력이 솟구쳐!"

"그런가? 앞으로 어떻게 전개되는지에 따라선 배불리 먹을 수 있을지도 몰라."

"기대돼. 전면전쟁을 원해. 피로 피를 씻는 살육전이 펼쳐지면 고기가 가득해지니까!"

"혹시 몰라 말해두는데, 그건 생각 가능한 최악의 상황이야."

용을 보고 맛있다고 하는 존재는 구렌 정도겠지? ……보통은 겁을 먹으니까.

"……뭐라고 해야 할까. 적룡인족들은 마을을 점령했다는 걸 숨길 생각이 전혀 없어 보여."

그만큼 현재의 마왕 정권을 얕보고 있다는 말이다.

실제로도 현재로선 이브 정권의 기반은 아직도 불안정했다.

각지에 소규모 반란과 폭동의 불씨가 여전히 남아 있지만, 그걸 필사적으로 억누르는 상황이다.

적룡인족을 제거하려고 전력을 파견하면, 각지의 불씨를 더는 억누를 수 없어 단숨에 온갖 문제가 분출되고 만다.

또는 마왕성 그 자체가 함락될지도 모른다.

마왕이 지닌 절대 준수 명령은, 비상시에는 강력하지만 그렇다고 절대적인 힘도 아니다.

만약 내가 마족이고 마왕을 죽이려 한다면, 시야 밖에서 일격에 목숨을 빼앗을 공격 수단을 준비하겠지. 명령이란 목소리가 닿는 범위 안에 있어야만 적용된다.

이브가 마음만 먹으면 신조(神鳥)를 불러내 전부 쓸어버릴 수 있지만, 그건 앞으로 한 번이 한계이고 절대 사용해선 안 되는 수단이다.

'하지만, 생각이 얕군. ……압도적으로 강한 개인에 대한 경계가 너무 허술해. 이를테면, 나 같은.'

용사, 마왕, 그러한 차원이 다른 단 한 사람으로 인해 전황은 확 바뀌기도 한다.

대규모 전력을 파견할 필요는 없다.

나 혼자서 적룡인족의 점령에서 철저족을 해방해주마.

"주인님, 그 모습 아주 멋져~."

"그래?"

지금 나는【개량(힐)】으로 모습을 바꿨다.

이 모습은 흑아룡족.

상위종 리자드맨이며, '조건부'로 용이라고 자처해도 좋다고 허용된 일족.

적룡인족에게 흑아룡족은 봉사 종족. 속되게 말해 똘마니다.

외견상의 특징은 도마뱀 꼬리와 검은 뿔. 그 이외에는 거의 인간과 다르지 않다.

흑아룡족을 선택한 이유는 세 가지.

하나, 적룡인족에게 친근한 종족이라는 것.

둘, 봉사 종족이기에 쉽게 보고 덤빈다는 것.

셋, 흑아룡족의 어떤 풍습이 철저족 마을을 방문할 이유로써 적합하다는 것.

문 앞까지 온 나와 구렌을 보고 문지기가 달려왔다.

적룡인족 남자는 온몸이 붉고 단단한 비늘로 덮여 있었고, 얼굴은 용 그 자체였다. 지면에 닿을 만큼 길고 굵은 꼬리가 특징적이었다.

2미터가 넘는 거구에 키만큼이나 옆으로도 거대했다. 하지만 뚱뚱하지 않고 몸이 매우 튼실했다. 왜 최강의 마족의 하나라 불리는지 이해가 된다.

여자는 외모가 남자와는 또 다르다고 한다. ……꼭 그랬으면 하는 바람이다. 나도 이족보행 도마뱀에 성욕을 느끼지는 않는다.

기껏 복수하러 왔는데, 여자를 범하지 못해서는 흥이 깨진다. 어서 미인이 즐비하다는 적룡인족의 여자를 만나 마음을 놓고 싶었다.

"흑아룡족의 애송이인가. 무슨 일이지?"

흑아룡족의 모습을 한 나를 바라보는 눈빛에는 경멸의 감정이

담겨 있었다. 그걸 숨기려고도 하지 않았다.

"네! 용의 증거를 받으러 왔습니다."

"너희는 참 고생이군. 용이라고 자처하려 해도 우리의 허가가 필요하니까."

문지기 두 사람이 웃었다.

흑아룡족의 풍습. 그건 적룡인족에게 증거를 받는 것.

흑아룡족은 도마뱀이다. 용족들은 흑아룡족이 용을 자처하는 건 주제넘은 짓이라고 생각한다.

그래서 흑아룡족은 성인이 되면 자신의 힘을 적룡인족에게 선보인다. 그리고 합격하면 용의 증거를 받을 수 있다.

그 증거가 있어야 비로소 용의 전사를 자처할 수 있다.

이 의식은 용의식라고 부른다.

"위대한 적룡인족이 부디 저의 힘을 지켜봐 주셨으면 합니다."

"그럼 프람랏하에 가면 되잖나. 왜 굳이 여기까지 왔지?"

프람랏하는 적룡인족들의 나라다.

흑아룡족이 용의식을 받겠다면 그곳으로 가는 게 보통으로, 굳이 점령지를 찾아오다니 이상하긴 이상하다.

하지만 난 그 이유도 준비해 왔다.

"히세키 장군을 동경하기 때문입니다. 만약 제가 용의식을 받는다면 꼭 히세키 장군에게 받겠다고 결심했습니다. 프람랏하에 가보니, 이곳에 계시다고 하여 여기까지 찾아온 참입니다."

"호오. 히세키 장군을 동경하다니 뭘 좀 아는군. ……하지만 그분은 아주 바쁘시다. 너 같은 열등종을 일일이 상대할 시간이 어디 있겠나. 그래도 그 기상을 높이 사서 특별히 기사단 녀석들에게 부탁해보마."

좋아. 이제 자연스럽게 마을로 들어갈 수 있겠어.

최소한의 목적은 달성했다.

하지만 이건 어디까지나 최소한의 목적이다.

나는 악착스럽게 매달렸다.

"외람되지만, 저는 꼭 히세키 장군님께 부탁드리고 싶습니다."

"뭘 모르는 놈이로군. 너 따위와 만날 시간은 없다고 말했지 않나."

"너 따위가 아니라면, 어떠십니까. 저는 실력에 자신이 있습니다. 그 누구에게도 져본 적이 없습니다."

"도마뱀들 사이의 1등 가지고 뭘 어쩌라는 거냐? 우리는 용이다. 병사인 나조차 도마뱀의 최강보다 더 강해."

"좋습니다. 당신보다 강하다고 증명하면, 히세키 장군님을 만나게 해주실 수 있을까요?"

문지기들의 기분이 팍 상했다.

그야 그렇겠지. 겨우 도마뱀이라고 경멸하는 종족이 용인 자신들에게 덤벼들고 있으니까.

"적당히 좀 해라. 말로 안 되면 그 몸으로 느끼게 해주랴?"

"그렇게 해서 제 실력을 이해해 주신다면 그러지요."

적룡인족 문지기의 화가 폭발했다.

웬 소란인가 하며 문 근처에 있던 사람들이 모여들었다.

딱 좋다.

"감히 도마뱀 따위가 우쭐대다니!"

문지기가 검을 뽑았다.

거구에 어울리는 두껍고 긴 대검. 하지만 잘 갈아두지 않아서 상대를 때려서 쓰러뜨릴 수밖에 없는 물건.

인간이라면 들어 올릴 수조차 없는 그런 검을 문지기는 가볍게 휘둘렀다.

그것도 중력을 이용해 위에서 아래로 휘두르는 게 아니라 옆으로 휘둘렀다. 엄청난 근력이다.

검의 속도는 차원이 달랐지만……, 문제는 동작이 훤히 다 보였다.

검을 휘두르기도 전에 나는 공격을 예측하고 움직일 수 있었다. 이런 공격에 당할 만큼 난 얼간이가 아니다.

아슬아슬하게 허리를 낮춰 공격을 피하며 돌진.

검이 초고속으로 머리 위를 스쳐 지나갔다.

이런 상황에서도 문지기는 웃었다. 비늘이 빛을 내뿜었다.

아하, 적룡인족의 비늘은 강철보다도 단단하다. 그걸 마력으로 강화했으니 철벽이라고 생각하는 거겠지. 일류 검사 정도의 실력이라면 도저히 뚫을 수 없다.

그렇지만 나라면 검에 마력을 모아 단번에 잘라낼 수 있다.

단, 그래선 아름답다고 할 수 없다.

"【발경】."

나는 검을 빼지 않았다. 대신 상대의 품으로 파고들어 허리에 힘을 준 뒤, 온몸의 비틀림을 연동해 손바닥 아랫부분으로 상대를 강타했다.

그리고 그 충격과 기(氣)를 표면이 아니라 안으로 침투시켰다.

그냥 보기에 문지기는 아무런 변화도 없어 보였다.

하지만 이 기술은 내부를 파열시키는 기술이다. 충격과 기가 내장을 유린한다.

"크윽."

문지기가 비명도 내지르지 못한 채, 무릎을 꿇고 피와 함께 음식물을 토해냈다.

그리고 경련을 일으키며 더는 움직이지 않았다.

"저는 강합니다. 이제 좀 아시겠습니까?"

대답은 없었다.

아니, 할 수 없었다.

그만큼 방금 그 타격은 매우 심각했다.

'힘을 줄였는데, 그래도 아직 불충분했나.'

또 다른 문지기 한 사람을 돌아보니, 너무 당황한 나머지 뭐라고 말을 잇지 못했다.

주변을 보니 점점 소동이 확대되어 갔다.

그리고 사람들 사이에서 기사의 갑옷을 두른 적룡인족이 나타났다.

딱 봐도 알겠다. 문지기들과는 신분이 달랐다.

인간으로 말하면, 세 영웅처럼 독특한 분위기를 두르고 있었다.

"이게 대체 무슨 일이냐? 문지기, 대답해라."

"네, 네. 실은……."

쓰러졌던 문지기가 순식간에 일어섰다. 그렇게 만들 정도의 신기한 위압감이 있는 사람이었다.

문지기는 지금까지 무슨 일이 벌어졌는지를 있는 그대로 설명했다.

"그랬었나. 엄청난 불상사군. 기껏해야 도마뱀에게 우리 긍지 높은 적룡인족이 패배하다니. 이러한 오점은 그냥 둘 수 없다. 저 도마뱀의 바람을 이뤄주마. 이 히세키가 상대해주겠다."

역시 이 남자가 히세키인가.

적룡인족의 영웅으로, 군대를 이끌고 이곳을 제압한 장군.

"감사합니다!"

"인사를 왜 하지? 착각하지 마라. 넌 지금 목숨을 구걸해야 할 상황이다. 원래 용의식은 힘을 시험하는 의식이다. 우리는 장난으로 어울려주는 감각에 가깝지. 그런데 너는 우리 적룡인족의 긍지에 먹칠을 했다. 그러니 나는 지금, 도마뱀 따위는 용에게 대적할 수 없다는 것을 알려주기 위해 처형식을 거행하려 한다."

"그래도 감사합니다. 그 히세키 님과 겨루어볼 수 있게 될 줄이야."

히세키는 처음에 당황스러운 표정을 지었다가, 그걸 모욕이라고 생각해 표정을 일그러뜨렸지만, 지금은 그 표정마저 순식간에 사라졌다.

오호, 감정을 자제하는 능력쯤은 있는 건가.

이것으로 최소한의 목표를 달성한 것을 넘어, 목표를 완수하는 데까지 다다랐다.

이번에는 단지 철저족을 해방하면 임무 종료가 아니었다.
적룡인족을 끌어들일 필요가 있었다.
그러려면 적룡인족의 우두머리에게 접근해 농락해줘야만 한다.
이런 웃기지도 않은 연극을 하는 이유는 그러한 목적을 위해서였다.
……그래. 용의 긍지를 중요하게 생각하는 모양이니, 그걸 역으로 이용해주자.
여러 사람이 지켜보는 가운데 처형이니 뭐니 했다가 도마뱀 따위에게 용의 영웅이 패배하는……, 그런 참기 힘든 굴욕을 겪기 직전에 '일부러 져주겠다'라고 말하면 무슨 조건을 내걸든 다 들어주겠지.
나는 그렇게 긍지니 뭐니 하며 잘난 척하는 놈들을 아주 좋아한다. 자신이 질 리가 없다고 굳게 믿는 우물 안 개구리들.
그 긍지가 짓밟혔을 때의 반응은 정말 웃기다.
틀림없이 이 히세키인가 하는 자도 나를 아주 즐겁게 해주겠지.
동정심은 필요는 없다. 내 친구인 철저족들을 고통스럽게 만든 자들이다. 그들도 고통 속에서 몸부림치지 않아선 불공평하지 않은가.

제 17 화 회복술사는 동료를 늘린다

내 목적을 재확인하겠다.

가능한 한 피해를 내지 않고 철저족을 구한다.

마왕마저 능가하는 강력함을 얻은 지금의 나라면 정면으로 맞붙어도 이 마을을 점거한 적룡인족을 몰살시킬 수 있다.

그러나 그런 짓을 하면 철저족도 많은 피해자가 발생한다.

이런 놈들은 조금만 열세에 놓이면 금방 인질을 이용할 게 뻔하다.

인질을 잡고 있다고 내가 어떻게 되는 건 아니지만, 그래도 가능하면 피해를 내지 않겠다는 내 방침에 반하는 일이다.

나는 예전에 고향 마을 사람들을 구하지 못했다. 그런 어리석은 짓을 거듭할 수는 없다.

그렇기에 조금 성가신 방법을 이용하게 되었다.

더 나아가서는 적룡인족을 쫓아내는 것만으로는 의미가 없다.

왜냐하면, 마왕 반대파가 적룡인족에 이어 다른 자들을 보내 또다시 이 땅을 제압해버릴 가능성도 있기 때문이다.

한마디로, 보이는 적뿐만이 아니라 그들에게 지시를 내리는 자들까지 파악할 필요가 있다.

그 첫걸음으로 난 적룡인족의 영웅인 히세키 장군과 대치했다.

"흐음. 제법 실력이 좋은 듯하군. 그래 봐야 도마뱀치고는 괜찮다는 말이다만."

물리적으로도 정신적으로도, 적룡인족인 장군 히세키는 나를 얕잡아 보고 있다.

"최선을 다하겠습니다."

거짓된 동경을 눈빛에 담으며 나는 상대를 향해 검을 겨눴다.

목적을 위해서 주의해야 할 점이 있다.

히세키에게 승리하는 게 목적이 아니라, 그가 나를 마음에 들게 만들어야 한다는 것이다.

히세키의 호감을 사서 적룡인족의 중추에 접근, 더 높은 지위의 누군가와 접촉해야 한다. 그렇게 하면 희생자를 최소한으로 줄일 수 있다.

'호감을 사긴 꽤 성가신 일이야.'

이기면 그만이 아니기 때문이다. 오히려 패배해야 더 호감을 사기 쉽다.

승리하면 상대는 체면이 말이 아니게 된다. 그걸 기뻐하는 사람은 드물다.

최선은 내 힘을 인정받으면서도 패배하는 것.

심판 역할로 나선 히세키 장군의 부하가 크게 숨을 들이쉬었다.

그리고…….

"시작!"

그 신호와 함께 대결이 시작되었다.

◇

히세키 장군의 무기는 할버드.

창과 도끼의 날을 장착한 듯한 무기.

체구 자체가 2미터가 넘는 거구인 적룡인족을 위한 무기답게 길이가 4미터에 가까웠고, 그 길이를 지탱하기 위해 두께도 어마어마했다.

무게는 20킬로그램에 가까울 듯했다.

창 특유의 길이를 살린 찌르기 공격이 가능한 데다가, 도끼날이 달려 있어 참격도 가능했다.

안 그래도 강력한 도끼의 일격이, 길이에 의한 원심력과 중량으로 더욱 강해진다는 게 특히 유의할 점이었다.

……이렇듯 장점만 나열하면 엄청난 무기 같지만, 무거운 데다가 중량이 끝에 집중되어 있어 매우 다루기 어렵기에 한물간 무기였다.

간단히 말하자면 실용성이 없었다.

'원래는 그래야 하는데 말이야.'

무겁고, 다루기 힘들다.

그런데 용인(龍人) 특유의 엄청난 근력과 잘 단련된 기술 덕분에 지금은 장점만이 발휘되었다.

정말 강하다.

보통 이만큼 신체 능력이 뛰어나면 기술을 소홀히 하기 마련인데, 이자는 그렇지 않았다. 전생도 포함해, 내가 만난 무인 중에서 열 손가락 안에 들어갈 정도의 기량이었다.

찌르기와 참격, 공격 패턴이 너무 많아서 완벽히 예측하기 힘들었다.
방어만 해도 빠듯하다.
"호오. 내 창을 받아내다니. 키리그 정도의 실력으로는 못 이길 수밖에. 조금 더 진지하게 해야겠군."
키리그란 조금 전에 쓰러졌던 문지기인 듯했다.
음속을 넘는 가로베기를 뒤로 뛰어 피했지만, 소닉붐으로 인해 피부가 찢어졌다.
추가로 놈은 앞으로 파고들며 옆으로 회전하던 에너지를 세로로 회전하는 힘으로 변환, 할버드의 도끼 부분을 사용해 아래로 내려치는 어처구니없는 동작을 선보였다.
빠르다. 지금 이건 나로서도 피할 수 없다. 그렇다고 받아내면 막은 검과 함께 두 동강이 난다.
'첫. 흑아룡 정도의 신체 능력으로는 상대하기 빠듯해.'
지금까지는 흑아룡족의 범위 내에서 최고 클래스의 신체 능력과 마력 스펙으로 힘을 낮춰 싸우고 있었다. 상대가 의문을 품지 못하게 만들기 위해서다.
하지만 너무 쉽게 봤을지도 모른다.
적룡인족과 흑아룡족은 그 스펙 차이가, 생물로서의 격이 너무나도 달랐다.
정말 귀찮아 죽겠다.
나는 검을 칼집에 넣은 상태로 칼집을 왼팔에 대고 오른팔로 지탱하며 각도를 틀었다. 동시에 흑아룡이 낼 수 있는 최대의 힘으로 신체 능력을 강화했다.

각도를 틀어서 충격이 분산됐음에도 무지막지한 충격. 칼집이 종이 가공품처럼 부서졌고, 다음에는 도신, 다음으로는 살이 찢겨나갔지만, 다행히 뼈까지 파고들진 못하고 상대의 무기는 아래로 미끄러져 내려가 땅에 박혔다.

극심한 통증이 몰려왔다. 하지만 이 정도는 익숙하다. 상대에게 틈을 주진 않는다.

반대로 히세키는 이 공격으로 상대를 제압하지 못한 경험이 없는지, 머리가 새하얘진 듯한 모습이었다.

이틈을 내가 공략해주마.

나는 상대에게 파고들어 온존해뒀던 오른팔을 히세키의 목덜미 쪽으로 뻗었다.

검은 잃었다.

하지만 흑아룡족 특유의 손톱이 있었다.

카운터로 검은 손톱이 히세키의 목에 박혔고, 곧이어 부러졌다.

'……당연히 이렇게 되겠지.'

적룡인족의 비늘을 꿰뚫을 수 있으리라고는 생각하지 않았다.

지금은 힘을 보여주는 게 중요했다.

설령 타격을 주지는 못하더라도, 급소에 한 방 날렸다는 실적은 남겼다.

히세키의 눈동자, 그 동공이 파충류처럼 변화했다. 이건 설마 용으로 변하려는 전조인가?!

'이제 신체 능력 제한을 계속할 순 없나. 도마뱀의 힘으로 용에게 도전하다니, 자살행위야.'

하지만 그건 괜한 걱정이었던 모양이다.

곧장 상대는 다시 장군다운 용맹과 지성을 겸비한 모습으로 바뀌었다.

추가 공격은 없었다.

"내 혼신의 일격을 받고도 죽기는커녕 반격까지 성공시키다니. 좋다. 너는 도마뱀이 아니라 용이다. 인정하마. 용의식은 여기서 완수되었다. 이 히세키가 용이라 자처해도 좋다고 인정하마."

"감사합니다."

팔에서 피를 흘리면서 나는 무릎을 꿇고 고개를 숙였다.

진정한 무인이라면, 강렬한 일격을 날려주기만 하면 힘을 인정해주리라 생각했다.

……만약 그러지 않았다면, 힘을 흑아룡족의 범위로 제한하는 장난은 그만두고 진심으로 상대를 때려눕히려 했다.

"이름을 말해도 좋다. 허락하마."

"호니미라고 합니다."

나는 가명을 사용했다.

케얄가라는 가짜 이름을 버리고 케얄로 막 돌아온 참인데, 또 다시 가명을 쓰게 될 줄이야. 나는 그런 운명으로 태어났는지도 모른다.

"호니미. 흠. 용이 된 기념이다. 오늘 밤의 파티에 참가해도 좋다. 여봐라, 호니미를 치료해줘라."

"""네!"""

적룡인족들이 상처에 약을 바르고 팔을 나무로 고정하며 붕대를 감았다.
성의 없는 치료처럼 보이지만, 재생 능력이 뛰어난 종족이라면 이 정도로도 충분했다.
"애송이, 제법이던데?"
"도마뱀으로 남기엔 아까웠어."
"그 히세키 장군님에게 한 방 날려도 보고, 정말 놀랐다니까."
적룡인족의 병사들이 칭찬해주었다.
힘이 전부인 종족답게 힘만 내보이면 어느 정도는 인정해주는 모양이다.
그런 사람의 필두라 할 수 있는 히세키가 나를 보고 미소 지으며 말했다.
"파티까지는 병영에서 푹 쉬도록 해라."
주변 사람들이 술렁였다. 그만큼 적룡인족의 파티에 도마뱀이 참가한다는 사실 자체가 특별한 일이겠지.
저자의 그릇이 얼마나 큰지 알 수 있었다.
그런데 왜일까?
순간, 아주 조금이지만 히세키한테서 인간 말종 같은 냄새가 났다.
너무 많은 인간 말종들을 봐와서 그런지, 나는 그런 인간 말종을 감지해내는 제6감을 손에 넣었다. 아무리 인간 말종들이 완벽히 내면을 숨겨도 그만 눈치채고 만다. 이건 말로 설명할 수 있는 성질의 것이 아니다.
'일단 경계해두자.'

이만한 무인이 인간 말종이라고는 생각하고 싶지 않지만……. 지금까지는 이 감각이 한 번도 틀린 적이 없었다.

◇

급조로 만들어진 듯한 병영에서 휴식을 취했다.
왼팔의 통증이 조금 전부터 자꾸 거슬렸다.
고맙게도 이곳은 개인실이었다.
침대에 걸터앉아 주변의 기척을 확인했다.
"구렌, 모습을 바꿔도 괜찮아."
"알았어!"
아기 여우가 공중돌기를 하자 미소녀가 되었다.
구렌은 이번에 중요한 조수이자 전력이었다. 그렇기에 그냥 반려동물 정도로 인식하게 만들어두고 싶었다.
자, 다음은 내 치료다.
"【회복(힐)】."
왼팔에서 통증이 가셨다.
거추장스럽지만 팔을 고정하는 붕대를 풀 수는 없었다. 순식간에 상처가 나으면 의심을 받는다.
"주인님, 그런 조무래기를 상대로 한심해!"
"지금 난 흑아룡이니까, 그게 한계야."
그 이상의 신체 능력과 마력을 선보이면 의심받는다.
아인, 마족 등은 대부분 초기 능력치가 높지만 레벨 상한은 낮은 성질이 있어, 특정 종족의 능력 상한은 비교적 알기가 쉽다.
힘의 개인차가 큰 인간과는 달리, 너무 강한 존재는 상대에게 위화감을 주고 만다.
"찔끔찔끔 애간장이 타잖아. 주인님이라면 더 파파팍! 하고 몰살시켜 끝낼 수 있을 텐데."
"케얄가라면 그렇게 했겠지. 하지만 나는 케얄이야."
케얄가는 복수가 가장 최우선이었다.
하지만 지금의 나는 케얄로 돌아왔다. 복수에 눈이 멀지는 않는다.
그렇다면 내가 원하는 대로 진행할 생각이다. 구하고 싶다고 생각했으니, 그걸 제일 첫 번째로 삼으려 한다.
귀찮지만 희생이 적은 길을 선택하고 싶다.
"우우, 좋아, 알았어. 하지만 그렇게 위험한 짓은 그만둬. 걱정되니까."
"구렌이야말로 평소의 구렌답지 않은걸? 날 걱정하다니."
"우우, 구렌이 주인님을 걱정하는 건 당연한 일이야!"
"맛있는 음식을 줘서? 아니면 기분 좋게 해줘서?"
구렌은 귀여운 여우지만 타산적이다.
"아냐, 그게 아냐. 주인님을 좋아해서야!"
"그렇구나. 그렇게 말해주니 기쁜걸?"
나는 구렌을 끌어안고 머리를 쓰다듬어 주었다.
"하하하, 귀여운 녀석."
"와~♪ 구렌이랑 주인님은 러브러브야~♪"

구렌이 내 몸에 뺨을 비볐다.
이러니 참 기분 좋다.
소녀 형태일 때도 좋지만, 이건 꼭 아기 여우 모드일 때도 부탁하고 싶다.
계속 이렇게 지내고 싶었지만 그럴 수는 없을 듯했다.
나는 구렌을 옆으로 획 던졌다.
"윽! 너무해!"
"손님이야. 얼른 여우로 돌아가 숨어."
툴툴 불평을 하면서도 아기 여우로 돌아간 구렌은 내 말대로 마력을 사용해 모습을 감추었다.
감성이 이끄는 대로 살아가는 듯이 보이기도 하지만, 구렌은 빈틈이 없다.
그렇기에 안심하고 이곳으로 데리고 올 수 있었다.
그 손님은 노크도 하지 않고 갑자기 방으로 들어왔다.
"다친 곳은 어떻지?"
조금 전에 싸웠던 히세키 장군이 나타났다.
병문안을 오다니 의외다.
"많이 나아졌습니다."
"대단한 재생력이군. 역시 도마뱀이야. 꼬리처럼 금방 돋아난다는 건가."
조금 악의가 느껴지는 말 같은데, 단순한 착각일까?
일부러 봉사 종족의 병문안을 올 만큼 인성이 좋은 인물이다. 그럴 리는 없다.

아니지. 조금 전에는 인간 말종 파동을 느꼈다.

이런 녀석이라서일까?

"아무리 그래도 꼬리처럼 재생되진 않습니다. 일부러 병문안까지 와주신 건지요?"

"아니……. 인사를 하려고 왔다."

"인사요?"

다음 순간, 히세키는 침대에 걸터앉아 있던 날 쓰러뜨리고 상의를 찢었다.

"감히 나에게 창피를 주다니!"

아아, 그런가.

그런 거였군.

"도마뱀 주제에 나에게 상처를 입혀?!"

히세키가 가리킨 목의 비늘을 보니, 살짝 표면이 깎여나가 있었다.

"사람들 앞에서 이게 무슨 창피란 말이냐!!"

히세키는 그 강건한 팔로 내 뺨을 강타했다.

입술이 찢어져 피가 흘렀다.

그 자리에서는 관용적인 거물을 연기했지만 내심 불쾌했던 거겠지.

그야 그렇다.

하등하다고 깔봤던 종족에게, 하필이면 적룡인족 안에서도 정점에 선 자신이 일격을 받아 버렸으니까.

하지만 그때는 이런 태도를 보일 수 없었다. 이자는 장군이란 지위에 오른 인물이다.
그래서 그릇이 큰 남자처럼 행동했다.
"무인 같은 행동은 연기였고, 단지 소인배였을 뿐이었나."
"나는 무인이다! 도마뱀 이외엔 다들 그렇게 말하지!"
히세키가 나를 혼자 두고 습격해 온 이유는 이해되었다.
하지만 하나 이해할 수 없는 일이 있었다.
"왜 내 옷을 벗기지?"
"크흐흐흐. 나는 남자를 더 좋아하거든. 적룡인족 남자는 비늘이 단단해서 못 써먹겠더군. 반면에 도마뱀은 부드러워서 좋지."
뭐야, 그냥 남자를 좋아하는 놈이었나.
나는 왜 이렇게 특수한 취향이 있는 자들에게 사랑받는 걸까.
이상한 페로몬이 몸에서 뿜어져 나오는지도 모른다.
물론 나는 상대해줄 생각이 없다.
내 성적 취향은 아주 평범하니까.
자, 어떻게 할까.
내 계획으로는, 적당히 내 편으로 끌어들여 지휘계통을 파악하고 필요에 따라 우두머리를 조종할 셈이었는데.
하여간, 흐름에 몸을 맡겨볼까.
"그, 그만둬!"
"나를 동경한다며?! 영광으로 알아라!"
보통이라면 바지를 벗을 타이밍인데, 놀랍게도 히세키의 발기된 그것이 바지를 뚫고 나왔다.
으악. 적룡인족의 그것에는 가시가 달려 있었나.

고양이 같은 동물에게도 있는데, 빠지지 않게 하여 확실히 상대를 임신시키기 위한 신체 기관이다.
금속 같은 색으로 빛나 무시무시했다.
……적룡인족 여성의 성기는 철로 만들어지기라도 했나?
저게 엉덩이에 들어갔다간 내장이 갈가리 찢어지고 만다.
"그만둬! 그런 게 들어갔다간 난 죽어!"
"하하하. 도마뱀의 엉덩이 구멍이야 원래 일회용으로 쓰고 버리는 용도가 아니냐!"
이 자식, 상습범인가. 대체 얼마나 많은 흑아룡족이 희생되었을지 짐작도 되지 않는다.
케얄가 시대에는 복수 포인트 제도를 채용했으니, 당하면 갚아주는 방식으로 움직였다.
그런 방식이라면 일단 이 사람에게 당한 뒤에 복수해야 한다.
하지만 지금 나는 케얄이다.
복수를 위해서라고는 하지만, 일단 뒤가 뚫려 엉덩이가 너덜너덜해진 다음에 복수할 생각은 없었다.
"하악하악. 이 고귀한 용이 도마뱀을 활용해주마."
놈이 허리를 앞으로 내밀었다.
그 순간, 뿌리에서부터 놈의 그 물건이 잘려 공중을 날았다.
강철 실을 소매에 숨겨둔 나는 놈이 내 엉덩이를 꿰뚫으려고 하던 그 순간에 강철 실을 둘러 남성기를 절단해버렸다.
아무리 단단해도 마술로 빠르게 진동시키는 강철 실 앞에서는 의미가 없었다. 그럴 수밖에. 이 실은 강철마저도 버터처럼 절단할 정도니까.

"끄아아아아아아아아아아아아아아아아아아악!! 나의 듬직하고 아름다운 물건이이이이이이이이이이이이이이이!!"

놈은 비명을 지르더니 그것의 뿌리를 누르며 마구 몸부림쳤다.

순식간에 상처가 아물고 출혈이 멈추는 모습을 보니, 역시 재생력은 발군이었다.

하지만 도마뱀의 꼬리처럼 쑤욱 남성기가 다시 튀어나오지는 않는 듯했다.

나는 흑아룡족 상한으로 설정한 신체 능력 제한을 풀고 놈의 허리를 발로 차서 날려버렸다.

"끄헉! 크읔! 콜록!"

움직임이 멈췄다. 나는 놈을 엎드리게 만들고 꽉 누르며 압박했다.

"억지로 하려고 하면 안 되지."

"네, 네 이놈! 도마뱀 주제에에에에에에에에에에에에에에에에에에에!!"

"그런 도마뱀에게 제압당하다니 용의 체면이 말이 아니군. 그런 놈이 장군이라니 이 무슨 농담이지?"

"감히, 그딴 헛소리르ㅇㅇㅇㅇㅇㅇㅇㅇㅇㅇㅇㅇㅇ을!!"

히세키의 근육이 비대해졌다. 이 크기는 단지 힘을 준다고 될 수준이 아니었다.

용으로 변화하는 징조. 적룡인족 비장의 무기.

하지만 가만히 변하게 놔둘 생각은 없었다.

나는 목덜미에 독침을 꽂았다.

"끄아아아아아아아아악!! 히, 힘이!"

이곳에 오기 전에 적룡인족 척후병 한 명을 해부해서 조사했다.

이자들의 비장의 무기인 용화(龍化)는 특별한 마술이다.

그들의 혈족만이 사용할 수 있는 혈통 마술의 일종.

그런 마술로 세포에 감추어진 인자를 들뜨게 만들어 용으로 변화한다.

섬세한 마술이기 때문에 완벽한 상태가 아니면 사용할 수 없다. 조금만 사고를 둔하게 만들기만 해도 멀쩡하게 사용하기 힘들다.

"용이 된다며? 왜 그러지?"

"어, 어째서지?! 왜 내가?!"

"실망스러워. 용은 무슨. 이런 자가 긍지 높은 적룡인의 명장 히세키라니."

나는 놈을 모욕하면서, 조금 전에 잘라낸 그 물건을 주워【회복(힐)】을 사용했다.

잘려 나간 그것은 피가 멈추고 완전히 시들어 버렸지만, 나의【회복(힐)】이 있으면 한계를 넘어 발기시킬 수도 있다.

오오, 굉장한데? 이렇게 그로테스크한 바이브는 본 적이 없다.

내 팔 정도의 굵기, 강철 같은 경도, 웬만한 나이프는 상대도 되지 않을 만큼 날카로운 가시.

취미가 나쁜 귀족들의 고문용 도구도 이거에 비하면 귀엽게 보일 정도다.

"이거 놔라! 이거 놔아아아아아아아아아아아아아아아!"

"겨우 도마뱀 따위도 뿌리치지 못하는 건가? 정말 용 맞아? 사실은 뱀 아냐?"

"네 이노오오오오오오오오오오오오오오오오오오오오오오오오옴!!"

아무리 적룡인족이라도 용사이자 수많은 사투를 극복해 인간을 초월한 힘을 얻은 내 힘을 뿌리치는 짓은 불가능했다.

그래도 역시 옛 마왕군 최강이란 말은 헛소리가 아니군. 내가 아니었다면 절대 제압하지 못했겠지.

방심은 할 수 없다.

"닥쳐라. 넌 엉덩이를 아주 좋아한다며? 자, 이걸 주마."

나는 오른손에서 맥동하는 놈의 남성기를 엉덩이에다 쑤셔 넣었다.

히세키는 남자를 꿰뚫긴 좋아하지만 자신이 꿰뚫려본 경험은 없는 듯, 항문이 전혀 개발되어 있지 않아 특대 사이즈의 물건을 좀처럼 잘 받아들이지 못했다.

그래도 나는 억지로 쑤셔 넣겠지만.

"으아아악!"

어마어마하게 큰 비명을 질렀다.

윽, 더러워.

너무 좁은 곳에 억지로 가시가 달린 특대형 살덩이 바이브를 쑤셔 넣어서 그런지, 가시로 창자벽이 손상됐을 뿐만 아니라 항문의 괄약근까지 끊어지고 말았다.

이래서야 평생 항문이 열려 있어서 오물을 계속 흘리며 살아야 한다.

가엾게도.

남자를 계속 습격하던 놈이다. 당연한 벌인가.

"자, 네가 좋아하는 남자끼리의 교합이다. 심지어 자신의 물건으로 자신의 엉덩이가 꿰뚫렸으니, 궁합은 딱 맞겠지?"

엉덩이에 꽂힌 살덩이 바이브를 넣었다 빼냈다 반복했다.

"으으으으으으으으으으으윽!! 으가아아아아아아아아아아아아아아아아아아아아아아아아으으으으으으으으으응!!"

이래서야 이젠 언어가 아니라 단지 짐승의 울부짖음이다.

피에 장액이 뒤섞인 액체가 계속해서 흘러나왔다.

그런데 놀랍게도 놈의 목소리에는 교성이 뒤섞여 있었다.

'이 자식, 어이없네.'

평범한 사람이라면 통증으로 제정신을 유지할 수 없다.

그런데도 기뻐하고 있다니.

심지어는 뿌리째 잘려 나간 살덩이 막대기가 사정을 하기 시작했다.

엄청난 마조히스트다.

솔직히 말하면 화풀이로 다 망가뜨린 다음 세뇌하려고 했는데, 예정을 변경했다.

세뇌란 사실 꽤 위험 부담이 크다.

예전에 플레어를 플레이아로 만들 때처럼 초기화를 해버리면 문제가 없지만, 인격을 남긴 채【개량(힐)】만으로 세뇌를 하면 어딘가 부자연스러운 인형 같은 모습이 되어서, 원래 가까이에서 지내던 사람들은 눈치를 채고 만다.

사람의 마음을 조종하기는 무척 어려운 법이다.

이 녀석을 어떻게 할지 고민하다가 간단한 방법을 찾았다.

"더 기분 좋게 해줄게. 내가 없인 살아갈 수 없을 만큼의 쾌락을 선사해주마."

쾌락의 포로로 만들어 내 장난감으로 삼자.

나는 소형 가방에 넣어서 가지고 다니던 미약을 꺼냈다.

기화해서 흡입하기만 해도 정숙한 부인마저 스스로 자신의 그곳을 드러내며 남자를 유혹하고 마는 물건.

그걸 주사기로 목에 주입했다.

이걸 원액 그대로 혈관에 직접 주입하면 인간의 경우 단번에 폐인이 된다.

그러나…….

"으오오오오오오오오오오오오오오오오오?? 우호, 우호오오오오오오??"

역시 적룡인족. 이 정도가 딱 좋은 모양이었다.

내가 손을 멈추자 간절히 원하는 표정으로, 피투성이가 된 엉덩이를 살덩이 바이브에 비비듯이 움직였다.

"더어어어어어어어어어어어어어어어어어어어어어어, 더 해줘어어어어! 나를, 더 강하게 찔러주게."

"정말 그래도 되겠어? 도마뱀 따위한테 농락당해도."

"괜찮아요오오오오오오. 버릴래요오오! 용의 자존심 따윈 버릴게요오오."

“큭큭큭. 아하하하하하! 아이고, 배야! 아주 재미있군.”

성적으로는 전혀 매력이 없지만 재미있는 생물이다. 조금은 장난감으로 가지고 놀아도 되겠다는 의욕이 생겼다.

적당히 【개량(힐)】으로 엉덩이가 농락당하기 좋게 몸을 개조하고, 약의 용량을 더욱 늘렸다.

이제 이자는 나 없이는 살아갈 수 없다.

적룡인족의 영웅으로서는 이제 완벽히 끝장이 났다.

앞으로는 엉덩이 구멍 중독 히세키로서 살아갈 수밖에 없게 되었다.

에필로그 회복술사는 고민한다

히세키를 교육했다.

원래 마조히스트로서의 소질도 있어서, 나 없이 살아갈 수 없는 몸으로 만들기는 어렵지 않았다.

조교의 결과, 엉덩이를 호들갑스럽게 휘젓지 않으면 정신이 나가버릴 만큼 엉덩이 구멍 중독에 빠졌고, 평범하게 휘저어서는 절대 만족하지 못했다.

그런 상태이기에【개량(힐)】이라는 위험 부담이 있는 힘에 의존하지 않고 자연스럽게 세뇌하기도 쉬웠다.

지금은 나를 주인님이라고 하며 따르고 있다.

그리고 히세키의 상처는 치유해주었다.

피투성이가 되어 파티에 나가면, 아무래도 주변 사람들이 소란스러워질 테니까.

히세키를 교육하는 사이에 시간이 지나 어느새 파티가 열리는 시간이 되었다.

"나의 주인님, 하악하악."

장난감이 된 히세키가 숨을 거칠게 쉬면서 파티장으로 나를 안내했다.

놈은 이제 나의 꼭두각시다.

내가 하는 말이라면 뭐든지 듣는다.

파티장에 가니 도마뱀이라고 부르는 봉사 종족, 흑아룡족인 나를 보고 수상쩍다는 표정을 짓는 자들이 많았다.
그런 자들을 히세키가 노려보며 입을 다물게 했다.
심부름을 하며 혹사당하는 철저족이 보여 안타까운 마음이 들었다.
파티 준비에, 적룡인족의 수발에, 무척 바빠 보였다.
"켕, 케엥, 케양!!"
내 반려동물로서 구렌도 파티장에 동행했다.
단, 여우 모습이라서 이렇듯 여우 울음소리라는 어울리지 않는 행동을 해야 했다.
참고로 나는 구렌과 연결되어 있어 무슨 말을 하는지 모두 이해했다.
방금 그건 '이 진수성찬, 먹어도 돼?'였다.
용의 파티라서 그런지 보기만 해도 속이 쓰릴 정도로 고기, 고기, 술, 고기, 고기, 술 등으로, 구렌이 선호하는 메뉴가 계속 이어져 있었다.
"개회 인사를 할 때까지 기다려. 나는 일단 예의 바르게 행동해야 하니까."
하등 종족인데도 특별히 참가한다는 입장이니, 너무 반감을 사고 싶지는 않았다.
"케~엥……."
아쉬워하는 구렌을 보니 마음이 아팠다.
나중에 잔뜩 음식을 먹게 해주자.
"이봐, 히세키. 알고 있겠지?"

"물론입니다. 우리 적룡인족의 족장, 라그나 님에게 소개해 드리겠습니다."

놀랍게도 적룡인족의 족장까지 굳이 약한 자들을 괴롭히는 짓에 불과한 철저족 마을 점령에 동행했다.

명장이라 불리는 히세키뿐만이 아니라 족장인 라그나까지 굳이 변경을 점령하러 오다니, 절대 평범한 일이 아니다.

"무슨 생각이지? 겨우 이런 작은 마을을 점령하는데 족장까지 나서다니."

"절대 '겨우'라고 할 수 없습니다. 우리도 살아남기 위해 필사적입니다. 마왕이 바뀐 뒤로 박해가 심해져서……, 이대로 가면 숨이 막혀 죽고 맙니다. 그래서 행동할 수밖에 없었습니다."

"그게 사실인가? 정말로 박해를 받고 있다고?"

두 가지 의미에서 말이 안 되는 소리였다.

모든 종족 중에서도 최강으로서 명성이 높은 적룡인족에게 싸움을 걸다니, 자살행위나 마찬가지다. 목숨 아까운 줄 모르는 행동이다.

또 하나가 있다면, 현재의 마왕 정권인 이브는 이전 마왕의 편을 들었던 종족도 박해하지 말라고 지시를 내렸다.

나와 달리 이브는 심성이 곱다. 그토록 많은 상처를 받았으면서도, 상대를 용서하여 증오의 연쇄를 끊으려 했다.

"사실입니다. 그렇지 않고서야 이런 위험을 무릅쓰지는 않습니다. 마왕이 출진하기만 해도 우리는 전멸해 버립니다. 그럼에도 우리는 살아남기 위해 싸우고 있는 겁니다."

조금 전에도 같은 이야기를 들었다.

아무래도 각지의 마왕 반대 세력의 봉기는 격렬한 박해에 대항해 벌어진 일인 듯했다.

마왕 반대 세력은 가능한 한 움직임을 은폐하며 각지에서 세력을 확장하고 있었다.

철저족 이외의 열 종족이 지내는 그 마을도 표적이 되고 있는 듯했다. 점령해서 인질을 잡고 협박하면 돈과 물자가 손에 들어오며, 동시에 발각되기까지도 시간이 걸린다.

그리고 만에 하나 마왕 반대 세력의 작전이 들키면, 동시다발적으로 각지에서 대대적인 공격도 가능하다.

마왕 이브가 어딘가의 거점을 공격하면, 가능한 한 시간을 벌며 그곳에 묶어두고 다른 세력이 수도로 밀고 들어가 중추 기능을 파괴한다는 계획.

마왕을 쓰러뜨리는 일은 포기했다. 그만큼 마왕의 절대 준수 명령은 강하다.

그래도 중추 기능이 파괴되면 정치에 공백이 생기고, 지시 계통도 유명무실해진다. 전국 각지에 대한 지배가 약해진다. 그러면 자유를 손에 넣을 수 있다.

그렇기에 여러 종족이 협력하며, 어떤 종족이 불행하게도 실패해 멸망당해도 반드시 이 상황을 바꾸겠다는 비장한 각오로 싸움에 임하고 있다고 한다.

"만약 박해가 없다면 마왕 반대 운동도 그만둘 셈인가?"

"네, 물론입니다. 우리도 죽고 싶지는 않습니다. 오로지 말만으로 어떤 용사라도 죽일 수 있는 마왕은 무섭습니다. 무엇보다 적룡인족은 긍지 높은 전투를 원하고 있습니다. ……가능하면 새로운 마왕 아래에서, 마왕군의 일원으로서 이 힘을 활용하고 싶습니다. 마왕군 최강이라는 이름을 얻어 정의를 위해 싸우는 모습을 동경했습니다. 그런 우리 적룡인족이 패배자가 되어 낙오자이자 반역자로 인식되고 있으니 도저히 견딜 수 없습니다."

이 말에 담긴 깊은 마음은 무척 비장해서, 도저히 거짓말이라고는 생각하기 힘들었다.

존재할 리가 없는 박해가 벌어지고 있다.

생각해볼 수 있는 가능성은 두 가지뿐이다.

하나는 이브의 명령을 무시하고 옛 마왕을 따르던 종족을 박해하는 자들이 있을 가능성.

충분히 있을 법한 일이었다. 원래 지금의 열 종족은 선대 마왕에 의해 몇 십 년이나 철저하게 박해를 받아왔다. 그 원한은 뿌리 깊다.

아무리 그렇다곤 해도 박해를 하는 바보짓을 하는 놈이 있다면 죽여 버리겠지만.

가장 큰 원한을 느끼고 있을 이브가 마음의 비명을 억누르며 용서하겠다고 말하지 않았는가. 이브의 마음을 짓밟는 자들은 내가 용서하지 않는다.

또 하나의 가능성, 그것은 마왕군의 이름을 사칭하며 누군가가 박해를 하고 있을지도 모른다. 옛 마왕군 중에서 권력을 되찾고

싫어 하는 자들이 아군을 늘리기 위해 자작극을 벌인다고 한다면 앞뒤가 맞는다.

'뭐가 됐든 재미있는 짓을 하는군. 내 연인의 꿈과 바람을 방해하다니.'

이곳에서의 정보만으로는 진상을 확인하기가 어려웠다.

새삼 마왕 반대 연합의 중추에 다가가야 한다는 걸 깨달았다.

그런 생각을 하는데, 수행원을 데리고 여성 한 명이 나타났다.

"저자가 적룡인족의 족장인가."

"네. 우리의 족장, 라그나 님입니다."

20대 초반의 외모.

붉은 보석처럼 아름다운 뿔이 나 있는 미녀였다.

지도자에 어울리는 위풍당당한 몸짓.

겉모습뿐만 아니라 존재 그 자체가 아름다웠다.

참 좋은데? 저걸 한번 맛보고 싶어.

무엇보다 인간 말종 같은 냄새가 나지 않아서 좋아.

그 라그나가 파티의 시작을 알리는 인사를 했다.

"나의 동지들이여. 마왕님이 쓰러져서 몹시 고생스러운 나날이 계속되었습니다. ……그러나 겨우 우리는 여기에 새로운 평온을 손에 넣었습니다."

박수와 갈채가 울려 퍼졌다.

지금까지의 생활이 어지간히도 고통스러웠는지 눈물을 흘리는 자도 있었다.

"허나 이 승리도 평온도 아직 일시적일 뿐입니다. 그 거짓된 마

왕과 악명 높은 흑기사의 눈에 띄면 다시 박해의 나날이 계속되겠지요. 아니요, 겨우 그 정도가 아니라 우리는 멸종될 겁니다.”

흑기사……. 나는 이런 곳까지 이름을 날리고 있었던 건가.

“계속 승리합시다. 계속 승리해서 진정한 평화를 쟁취하는 겁니다. 그걸 위해 오늘은 마음껏 먹고 마시며 힘을 회복합시다. 건배!”

“““건배!!!”””

큰 함성.

적룡인족의 마음이 하나가 되었다.

괴로운 현실을 극복하기 위해, 살아남기 위해, 소중한 사람을 지키기 위해.

이 광경을 보고 겨우 머리가 아닌 가슴으로 이해하게 되었다.

이자들은 단지 살아남기 위해 필사적으로 행동하고 있을 뿐이었다.

그걸 이해하게 되니 고민스러워졌다.

나는 대체 누굴 공격하면 되지?

예전에 내 실수로 죽어버린 친구를 위해, 철저족의 마을을 점거한 적룡인족을 몰살시키고 본보기로 시체를 구경거리로 만들면 된다고 생각했다.

하지만 진정한 적은 정말 이들인가?

이브의 바람을, 증오의 연쇄를 끊으려는 결단을 짓밟은 놈들이 이자들을 이렇게까지 궁지로 몰아넣었다고도 생각할 수 있다.

정말로 내가 토벌해야 할 자들은 그자들이 아닌가?

'케얄가였다면 이런 고민은 하지 않았겠지.'

마음에 들지 않으면 짓밟아버리고 마음에 들면 사랑했다.

그렇게 단순함이야말로 케얄가의 강점이었다.

케얄이 되어 잃은 것.

하지만……, 지금은 그래도 상관없다는 생각이 든다.

"구렌, 이제 먹어도 돼."

"케엥!"

아기 여우가 가득 쌓인 고기를 향해 돌진했다.

그리고 나는.

"자, 히세키. 예정대로 새로운 종으로서 나를 라그나에게 소개해라."

"알겠습니다, 나의 주인이여."

대답을 내기 위해 일단은 내 눈과 귀로 확인해보기로 했다.

어떤 결단을 하든 생각하고 또 생각해서 케얄답게, 그리고 나의 여자들에게 부끄럽지 않은 그런 길을 선택하자.

그리고 가능하면.

'저 여자를 가지고 싶어.'

새로운 여자를 손에 넣어볼까.

적룡인족을 구하게 된다면 그 보상으로 딱 좋을 것 같다.

아무래도 케얄가에서 케얄이 되었어도 이런 점은 변하지 않는 모양이다.

적룡인족의 족장, 라그나. 나는 도저히 참을 수 없을 만큼 그녀에게 끌렸다.

후기

『회복술사의 재시작』 9권을 읽어주셔서 감사합니다.

작가인 '츠키요 루이'입니다.

드디어 애니메이션이 2021년 1월부터 시작됩니다. 모든 화를 제가 빈틈없이 감수하였으니, 팬 여러분도 안심하고 시청해 주십시오.

또한 9권부터는 케얄가가 하나의 각오를 다졌습니다. 그 또한 점차 변해가고 있습니다. 10권도 기대해주세요.

선전

카도카와 스니커 문고에서 『세계 최고의 암살자, 이세계 귀족으로 전생하다』라는 시리즈를 병행해서 연재 중입니다!

도구로 살아온 암살자가 전생해서 자신과 소중한 사람을 위해 그 실력을 발휘하는 그런 이야기입니다.

아주 평판이 좋고 실적도 괜찮은 시리즈입니다. 이 시리즈도 열심히 연재하겠습니다.

감사와 사죄

시오콘부 님. 항상 멋진 일러스트를 그려주셔서 감사합니다!

이 책을 구입해주신 여러분과 작품의 발행을 위해 도와주신 모든 분들께 감사를!

애니메이션 방송이 결정될 때까지 지원해주신 여러분께 보답하기 위해 앞으로도 힘내겠습니다!

후기

9권입니다.
잠이 부족해서 그런지
전혀 머리가 돌아가질 않습니다.
잠을 자도 금세 일어나고 맙니다….
아무래도 매일 하나씩 마시는
에너지 드링크의 카페인이 원인인 듯한데,
끊고 싶어도 끊을 수가 없습니다.
왜냐하면 맛있는걸요….

아, 애니메이션은
마침 이번 권이
발매될 즈음에 방송되려나?
꼭 시청해주세요!

NEXT

회복술사의 재시작
~즉사 마법과 스킬 카피의 초월 힐~
9

2024년 8월 25일 제1판 제1쇄 인쇄
2024년 8월 30일 제1판 제1쇄 발행

지음 | **츠키요 루이**
일러스트 | **시오콘부**
옮김 | **문기업**

발행인 | 오태엽
편집팀장 | 이수춘
편집담당 | 이예솔
한국어판 디자인 | Design Plus
라이츠사업팀 | 이은선, 박경진, 정선주, 신주은
전략마케팅팀 | 김정훈, 이강희, 정누리
제작담당 | 박석주

발행처 | (주)서울미디어코믹스
등록일 | 2018년 3월 12일
등록번호 | 제 2018-000021
주소 | 서울특별시 용산구 만리재로 192
전화 | (02)2198-1736
인쇄처 | 코리아 피앤피

●잘못된 책은 구입하신 곳에서 교환해 드립니다.